AF131565

Dans la série

PUTAIN D'OISEAU

Édition : BoD – Books on Demand

12/14 rond-point des Champs-Élysées, 75008 Paris

Impression : BoD - Books on Demand, Norderstedt, Allemagne

ISBN : 9782322387298

Dépôt légal :Novembre 2021

Pierre DABERNAT

LA NAISSANCE D'UN COMMISSAIRE

Polar

Un petit arbre
Un chapeau bleu sur la tête
Une ceinture de mousse autour du tronc
De grands pieds qui fouillent le sol
Des bras longs et frêles
Et des pommes rouges et vertes

Il voudrait les offrir à sa petite sœur la roseraie
Qui s'épanouit à l'autre bout du jardin

Alors il agite ses centaines de mains
Et lui fait signe qu'il vient

Mais il pleure
Pourquoi ? Pourquoi ?

Il ne peut pas avancer
On a oublié de lui faire des chaussures

Le petit arbre
Recueil « Lamour fou ou la mort du fou »
Pierre Dabernat

Ce en quoi elle avait tort

Par où commencer ? se demanda-t-il. Il y avait tant de choses à penser : le bien, le mal, le passé, le futur, l'amour, la haine, le sexe… Pour le sexe il n'y avait pas de contraire. La bête aimait bien trop ça !

Luis observa la rue. D'abord le ciel. Il était rouge avec des nuances dorées, plombé de nuages gris torturés par le vent, donnant l'impression de plonger au-dessus de la ville pour l'enfouir sous un édredon humide. Le soleil déclinait dans le lointain. Les couleurs de la soirée, encore hivernale, laissaient peu à peu la place aux ombres du néant. Paris s'assoupissait.
Son regard se perdit dans les hauteurs du ciel et s'y éternisa. Plus bas les toits luisaient sous le feu des derniers rayons. Puis doucement Luis baissa les yeux. Les façades s'assombrissaient. La ville plongeait dans l'ombre sournoise. Son impression d'abandon devint plus forte. Quand il était dans cet état il devenait vulnérable dès que le crépuscule se manifestait.
Il fixa l'horloge de la tour carrée de l'ancien palais de la cité. Il observa pensif, avec un sourire bizarre, les figures allégoriques qui l'encadraient : la loi et la justice. L'aiguille des minutes avança et Luis la considéra songeur. Comme chacun la mort viendrait un jour le chercher et il ne serait plus rien, pas même un souvenir... Pourtant les rouages compliqués de l'horloge tourneraient encore. Le tic-tac continuerait de rythmer la vie de ses concitoyens. Et cette certitude l'écœura.

Il traversa le pont au Change et rejoignit le boulevard de Sébastopol. Il y avait du monde car malgré l'époque il faisait particulièrement doux. Il aimait le mouvement désordonné de la population Ces hommes et ces femmes qu'il imaginait, pressés de s'en retourner chez eux, d'ôter leurs chaussures, d'avaler la pizza ou le plat préparé et de se coller vite fait sur le canapé, devant la télévision jusqu'à pas d'heure.
Immobile, planté, au milieu du trottoir, les mains le long de son corps mince, les poings serrés, le visage havre, avec les yeux brillants, écartés, il faisait face au flot qui le submergeait, qui le

frôlait et qui le heurtait. Il respirait la foule à pleins poumons. Il adorait cela. Dans ces moments-là, il se raidissait et résistait comme le roseau sur son lit de Seine qui ne veut plus être plié.

Il croisait des dizaines de regards.

Celui des femmes notamment. Ceux des hommes lui faisaient peur. Il craignait de s'y reconnaître et de se retrouver face à d'autres bêtes.

A force d'être debout il décida de bouger. Il obliqua sur la gauche et remonta la rue Saint-Denis. Les putes étaient déjà au turbin, perchées sur leur quilles démesurées. Les lampadaires vieillissants accrochés au-dessus des boutiques de prêt-à-porter étaient maintenant allumés. Ils répandaient une lumière jaunâtre sur les trottoirs. La rue n'était qu'une longue scène sinistre d'un théâtre qui n'affichait qu'une seule pièce. Celle du sexe tarifé dans sa robe de tristesse. Les filles, jeunes et vieilles, dans des tenues dénudées, provocantes, en étaient les uniques actrices. Elles n'avaient qu'une malheureuse tirade à dire inlassablement. « Tu montes chéri ? » Pour la bête c'était la bonne heure. Elle se manifesta soudainement et prit possession de son être. Son pouls s'accéléra, il avait chaud et ses joues s'empourprèrent.

La bête s'installait confortablement dans son bas-ventre. Pour la chasse. Pour la nuit.

Quand il eut fait, à pas de loup, le tour du quartier, qu'il eut terminé la boucle en passant par les Halles, il se retrouva sur l'esplanade face au centre Pompidou. Sur le parvis, il y avait la foule habituelle. Des touristes et des jeunes habillés en jeunes. Il n'était pas des leurs. Il avait vieilli et cela lui posait un problème sérieux. Il hésita puis il obliqua vers la gauche pour gagner la rue Rambuteau. Devant la bouche du métro il eut une impulsion et descendit les marches. A la station du Châtelet il changea de direction pour prendre celle de la porte d'Orléans. Mais il descendit à Odéon pour ressortir sur le boulevard qu'il remonta. Plus loin il se heurta à l'Église de Saint-Germain-des-Prés. La plus ancienne de Paris bâtie sur les fondations d'une basilique mérovingienne. L'église était illuminée. Sa splendeur historique se parait d'un habit sacré. Il la contourna et s'arrêta devant le porche. Sur les marches un type sans domicile s'était fait un abri de fortune avec des cartons pour être le premier à mendier à la messe du matin.

Dieu regardait Luis. Dieu connaissait son secret. C'était lui le responsable de l'existence misérable qu'il menait. C'était ce dieu qui lui avait donné la vie en même temps que la bête. Il cracha en direction du mendiant puis il tourna les talons pour regagner les boulevards et poursuivre sa traque de son pas lent et obsessionnel. Dans le quartier Latin il fit une halte à la terrasse d'un café et commanda un verre de blanc. Il avait le temps.

Il transpirait abondamment et ouvrit son blouson. Sa main dans la poche accrocha le couteau replié dans son manche. Ce couteau qui pesait et qu'il agrippait fortement, l'esprit bloqué dans son délire, quand il levait enfin le gibier.

Il marchait maintenant dans la rue Saint-André-des-Arts en direction de la place Saint-Michel. Une femme, la cinquantaine, croisa son regard. Il s'arrêta et attendit trois secondes avant de se retourner. Il avait vu juste. Elle avait furtivement pivoté la tête pour l'observer. Comme tous ces êtres qui se croisent, le regard dans le regard, qui se retournent et qui suivent leur bonhomme de chemin, sans oser faire marche arrière. Son regard n'avait pas menti. La femme, comme les autres, avait eu ce geste réflexe. Peut-être à cause des yeux sombres et luisants de cet inconnu qui l'avait croisée, défiée et sondée.

Luis observa la silhouette qui s'éloignait d'un pas précipité à travers les voitures stationnées. Le souffle d'un vent perfide fit voler sa jupe par-dessus les genoux. Vite rabattue par une main qui remit aussitôt bon ordre. Mais la bête, la vilaine, le temps d'un éclair, avait aperçu le début d'une cuisse blanche.

Il la suivit précautionneusement. Puis Luis accéléra quand elle partit dans le métro. Il la vit prendre la ligne de la porte de Clignancourt. Installé dans la même rame, à quelques mètres d'elle, il la guetta discrètement durant tout le trajet. Il faillit la perdre quand elle descendit subitement à Mercadet Poissonniers mais il parvint à sauter sur le quai juste avant que les portes ne se referment. La femme avançait plus vite. Elle avait fini par oublier l'individu et marchait dans ses pensées. Elle reprit le métro jusqu'à la station des Abbesses. Dehors il la retrouva. Elle avait ralenti la cadence. Peut-être la fatigue ou le simple fait de se retrouver à l'air libre et de prendre son temps. Profiter de la marche.

Sur le côté opposé de la rue il se rapprocha encore et la détailla avec insistance. Plutôt corpulente, l'inconnue se trémoussait sur des escarpins fatigués. Les talons claquaient. Ils avaient agi tel un détonateur et avaient amplifié la fièvre de la bête. Un flot d'adrénaline soudain l'envahit et Luis fut incapable de résister à cette pulsion. Il traversa la rue sans aucune précaution. La femme le remarqua et montra un visage interrogateur. De près il vit que c'était une fausse blonde trahie par des racines blanches. Elle était aussi un peu trop maquillée. L'obscurité dévoilait un visage rond et pâle, un portrait de Colombine qui aurait mangé trop de croissants. Une veste sur un chemisier échancré, avec un triangle de chair marqué d'un cœur doré de midinette. Celui d'un amour trépassé, envolé. Une solitude qu'il devina quand il la dépassa. Luis avait vu l'étonnement dans son regard. La femme avait compris qu'il l'avait suivie. Cependant il s'en fichait. Il l'avait frôlée, il avait humé avec gourmandise son odeur, un mélange de transpiration et d'un relent de parfum de fin de journée. Un parfum fort qu'il ne reconnaissait pas. Il avait surtout vu sa poitrine et son cœur avait dérapé. Il aimait les femmes aux gros seins.

Maintenant elle avançait dans son dos et Luis se rendit compte qu'elle ralentissait l'allure. Il compta dix secondes et fit volte-face. Elle était surprise mais sans l'être complètement. Troublé, il reprit son avancé. C'était le moment. Sur la droite il croisa un porche ouvert. Il s'y réfugia et appuyé contre le mur attendit. Quand elle parvint à sa hauteur elle avait les yeux baissés. Luis avait l'habitude de ces femmes qui se retranchaient derrière une fausse timidité. Toutes des dindes, des pintades, des autruches ! Il n'aimait pas les femmes comme on devait les aimer.

Il lui emboîta le pas et lui adressa la parole. Autour il n'y avait personne. Il en profita.

Sa voix possédait un pouvoir. Ses intonations étaient douces, graves. Ses phrases coulaient avec la saveur d'une tartine de miel.

Des mots de franchise, d'humour, mais des mots traîtres, des mots espions, qui jouaient double jeu, qui mentaient pour séduire leur victime. Elle tomba comme prévu dans son piège. Sa mise impeccable inspirait confiance. La solitude poussait à prendre des risques. Elle en était consciente mais elle délaissait parfois la raison. Luis avait un jour compris, sur le tard, qu'il plaisait aux femmes mûres. Et cela tombait bien car il n'y avait que celles-là qui étaient dignes de son intérêt. Le tout était de ne pas les brusquer.

Après la bête faisait ce qu'elle voulait.

La femme continua d'avancer. Sans se presser. Le gêneur lui plaisait. Néanmoins elle devait être prudente.

« Fait attention ! » répétait sa sœur, mariée à un poissonnier breton qui faisait les marchés. Mais ces conseils-là elle ne les écoutait que d'une oreille distraite. Elle croyait connaître les hommes. Celui-là puait l'homme marié... Beau parleur mais surtout en manque d'amour, de sexe, pensa-t-elle, avec envie. Un type en quête d'aventure. Ce en quoi elle avait tort.

J'avançais à reculons

- Salaud ! Petite ordure ! Espèce de con ! Tu n'es qu'un petit con !

Il débraya. Le moteur fit un boucan d'enfer. Je le regardai en biais, la tête penchée, les yeux en coin, buté, malgré mon étonnement, ma honte. Je gardai le silence, le nez en manque d'air, la bouche cousue, le regard noyé d'incompréhension.

Il reprit sa litanie d'injures par-dessus le moteur. On roulait vite. Sans ceinture. Mais on s'en fichait. Ses mains crispées sur le volant étaient blanches. Je fixai ces mains qui m'avaient caressé le front, un après-midi de soleil, quand je n'étais qu'un môme qui courait après le ballon de foot.

- Connard, tu n'es qu'un sale connard ! Pourquoi t'obstines-tu ?

Je tournai la tête vers le bitume qui nous fonçait dessus, agressif, se jetant sous les roues avec avidité. Je ne savais que dire. Ma honte était pour lui. Ce dérapage verbal m'étonnait fort. Mon père savait se tenir d'ordinaire, canaliser la violence qui bouillait en lui. Je reçus une nouvelle rafale de mots :

- Pédé ! Tu n'es qu'un sale petit pédé ! arriva-t-il encore à éructer.

Je l'observai de nouveau Son visage était sanguin. Quelques poils du menton échappés au rasoir du matin accentuaient son air mauvais. Celui-là même qu'il avait lorsqu'il injuriait l'arbitre à la télévision. Le même aussi quand il gueulait comme un âne après ces enculés de gauche. Mais cette ultime injure n'était guère appropriée en ce qui me concernait car je n'étais pas homosexuel. L'objet de sa haine c'était ma copine que je voulais épouser du haut de mes vingt ans libérateurs. Une fausse rousse qui m'avait choisi.

L'auto fila encore puis freina brutalement dans un tintamarre de klaxons aigus ; nous avions frôlé la catastrophe de justesse. Mais ici, à Marseille, ils avaient l'habitude. Sa colère était si grande qu'il claqua le volant à deux mains à défaut de me gifler. Il formula d'autres saletés qui ne m'étaient pas destinées et appuya de plus belle sur le champignon.

Au terme de son chapelet obscène il pivota le buste, négligeant la route qui heureusement était droite. Son regard fou me brûla. Sa voix était brisée. Mais les sanglots ce n'étaient guère son style, plutôt le mien… Coincé dans sa fureur, embourbé dans son lit de peine et de son amère déception, il recommença à m'insulter. Nous avions discuté une bonne heure sur un parking vide. Campés sur nos positions nous étions restés face à face. Trop cons et trop fiers pour céder. Nous étions identiques : père et fils, blanc et noir, chaud et froid, chacun dans une tranchée creusée de certitudes. Ce fils qui ne voulait rien entendre. Ce fils qui voulait épouser une fille de rien. Une roulure qui baisait, qui tenait son seul fils par les couilles.

Il m'avait dit. Je n'étais qu'un petit garçon. Ne sachant pas faire la différence entre le sexe et le reste. Non pas l'amour, le reste, c'est à dire une fille comme il faut : propre sur elle, baptisée. De la même religion, la seule, la catholique, la vraie. Belle ou laide, riche ou pauvre, le père s'en fichait éperdument. Qu'elle soit baptisée ! Il ne demandait que cela mais c'était la seule chose que la petite roulure ne voulait pas donner. Elle refusait de courber l'échine, de se convertir. Nous n'avons pas besoin de bénédiction pour nous envoyer en l'air, pensait-elle. Et baiser en toute légitimité chrétienne ça lui coupait l'élan. La belle rousse avait ses raisons. Elle avait été élevée dans le souvenir de la guerre civile espagnole. Ses parents avaient traversé en courant les Pyrénées avant d'être parqués par la France dans divers camps de concentration. Puis la mère avait fait la bonniche chez des bourgeois à Bordeaux. Le père, pour manger, avait été lui obligé d'apprendre la vie du petit Jésus.

Mon père avait rêvé d'un avenir brillant pour son rejeton. Il m'avait soulevé le jour de ma naissance. Il avait proclamé qu'il ferait de son fils un bel ingénieur avec un beau diplôme… Ce diplôme qu'il n'avait jamais obtenu. Lui le fils d'ouvrier qui avait bossé durement et qui avait gravi les échelons à force de déménagements. Cette mésalliance était un hold-up.

Les parents de cette roulure étaient des espagnols. Mais pas des bons ! Des rouges, sans doute des communistes ou pire, des anarchistes, ceux-là même qui ne se gênaient pas pour cracher

15

sur la croix et sur tous les saints. Cette fille n'était qu'une pute. Elle voulait faire main basse sur le fils de bonne famille que j'étais. Élevé au grain d'un collège privé. Avec une éducation, dont elle, fille de rien, ne soupçonnait même pas la nature. Une éducation qui avait coûté la peau du cul. Une pute qui n'en voulait qu'au fric de la famille.

Quand il eut fini sa litanie, je lui demandai de se garer, de me laisser. Le ciel s'était couvert de nuages. La pluie menaçait. Mais on s'en foutait. Il obtempéra et donna un brusque coup de volant pour se garer sans précaution. J'ouvris la portière alors que la voiture était à peine arrêtée, pressé que j'étais de ficher le camp. Je l'aurais bien taxé d'un billet mais ce n'était pas le moment. J'étais fauché.

Je regardai écœuré, la Peugeot qu'il avait louée à l'aéroport de Marignane. Il fila comme aux vingt-quatre heures du Mans. Soudain le silence de l'avenue me dégagea de l'avalanche des mots putassiers sous laquelle il m'avait enseveli. J'habitais plus haut. Dans une piaule d'étudiant. En 1968, avant de partir vivre au Maroc, mes vieux m'avaient laissé comme pensionnaire à Marseille dans un collège tenu par des curés. Ils avaient espéré en agissant ainsi me faire sortir de l'état végétatif dans lequel je vivais depuis la sixième, lové comme une couleuvre dans une béatitude profonde. J'étais resté six mois interne puis sous la menace de fuguer ils m'avaient autorisé à prendre un studio dans la cité Valmante avec la promesse d'obtenir mon baccalauréat. Ma dernière chance en quelque sorte.

Péniblement je gravis l'escalier qui coupait au plus court en évitant la route. Le studio était froid et humide. J'allumai l'abat-jour pour donner de la clarté. J'en avais besoin pour l'intérieur de ma déprime. Je branchai ma télévision portative et tombai sur les informations. Ce 3 juillet 1971 le chanteur Jim Morrison, avait été retrouvé mort à Paris. Cela m'affecta car j'aimais bien ce gars. Il avait vingt-sept ans et son allure de poète maudit, à l'image d'un Rimbaud du rock and roll me plaisait. J'éteignis l'appareil et me laissai choir sur un vieux fauteuil en cuir que j'avais récupéré sur le trottoir. Le balcon donnait sur un immense pin qui assombrissait la pièce. Il était encombré d'un carton que j'avais trouvé dans les poubelles du concierge. C'était des affaires de classe que je destinais à la décharge. J'étais en train de faire le vide,

Cela faisait vingt ans que j'avançais à reculons vers un futur de plus en plus sombre. Mais quelque chose était venu m'éclairer. Fini les mathématiques ! Fini la chimie ! Fini la physique ! L'avenir avait revêtu soudain une panoplie de visages célèbres : celui de ce cher Balzac, de Maupassant, de Loti, de London, et de bien d'autres encore. Mon avenir c'était la faculté des lettres. Cet immense bordel de la pensée était le lieu idéal pour l'esprit rêveur qui était le mien. Mais dans la voiture, sur le parking, un « non » était tombé aussi vite que le couperet de la guillotine sur le cou grassouillet de Louis XVI. Pas question ! avait dit, avait gueulé, mon père. Tu n'auras plus un sou ! C'était ingénieur ou rien. Il n'y avait pas à revenir là-dessus. Pourtant je lui avais répondu. Mais pas ce que j'aurais dû lui dire.

Pour l'emmerder, j'avais annoncé impulsivement que je voulais résilier mon sursis militaire. Et me marier dans la foulée. Cette idée saugrenue avait germé subitement dans ma petite cervelle en friche. Je voulais être libre mais je n'avais encore rien compris, m'avait-il répondu. Je mélangeais tout. Et il avait raison. La liberté passait par l'autonomie. Un boulot avec un salaire. Ma fiancée me l'avait assez souvent répété. Mais je n'avais rien voulu savoir. Les filles sont moins connes. Elles savent plus de choses que les garçons au même âge. Si j'avais dit ça c'était pour m'opposer à son veto. Pour me défendre. Pour ne pas lui montrer que j'avais peur. Que j'avais toujours eu peur de sa grande gueule malgré son amour caché sous son autorité. Je n'étais qu'un gars timoré. Sans charisme. Incapable de dire merde et de claquer la porte, de me dépatouiller seul, de faire la plonge dans un restaurant et de m'inscrire à la fac. Un fils à papa ! Voilà ce que j'étais, comme ceux que je méprisais. Et, devant la glace embuée de la salle de bain, je me fis horreur.

Mon image me dégoûta. C'était le portrait d'un jeune garçon au visage tiré, avec une peau blanche enfarinée, avec une tignasse incontrôlée qui poussait en épis. Je ne m'étais pas rasé depuis des jours, pas douché non plus, avec des yeux vides, creusés et mouillés par quelques larmes. Je n'étais qu'un pleurnichard qui s'apitoyait sur lui-même. Pleurer cela m'allait bien. Je savais faire. Paumé ! A vingt ans je n'étais qu'un paumé !

Je me déshabillai. Pour calmer l'angoisse je m'allongeai sur le lit en déroute, sur les draps froissés roulés en permanence en tire-bouchon. Mon mal de tête avait foutu le camp. J'étais partiellement apaisé. Dehors les nuages avaient disparu. La nuit commençait à poindre. Je n'avais pas faim. Je voulais juste oublier mon géniteur, oublier la vie, oublier la mort du chanteur, oublier les études. Plus tard, épuisé, je me tournais enfin sur le côté, embrassant l'oreiller comme une peluche, les yeux ouverts. Dans l'attente de la nuit.

Un petit oiseau de toutes les couleurs

Le gazouillis des oiseaux qui se réfugiaient dans le pin, en concert matinal, n'avait jamais troublé mon sommeil. Le lendemain de cette journée de merde un cui-cui inhabituel me réveilla soudain. Je m'assis dans le lit et me frottai les yeux. D'abord, je ne vis rien mais je sentis un frôlement, comme si l'on voletait dans la pièce. Les rideaux étaient tirés, le studio était sombre, et j'avais du mal à distinguer ce qui se passait. A première vue, un oiseau était coincé chez moi. Curieusement la porte et les fenêtres étaient restées fermées depuis la veille et je me demandai par où il avait pu se faufiler ? Un autre cui-cui m'avertit que je n'avais pas rêvé. Il y avait vraiment un piaf dans mon appartement.

Puis je l'aperçus... Il s'était posé sur le coin de l'armoire, dans un cercle de lumière qui avait percé le rideau. Il ne bougeait presque pas. Sans doute attiré par cette clarté matinale. Et l'air de Gilbert Bécaud me revint en mémoire : « un petit oiseau de toutes les couleurs ».

Dans un premier temps je crus voir un petit perroquet. Dodu comme un merle, son plumage aux couleurs tropicales me trompa. Mais d'après son bec, rouge, fin et distingué, je faisais une erreur. Avec sa queue en panache il ressemblait à une pie mais ce n'était pas ça non plus. Il avait au-dessus de sa tête une touffe, un plumeau à l'envers, qui lui retombait sur le devant, et qui lui procurait un comique décalé, quasi humain.

Brusquement il s'élança en maîtrisant l'espace de la pièce avec dextérité et vint atterrir en douceur sur le rebord du lit. Je n'osai plus respirer. Les quatre doigts de ses pattes qui le chaussaient s'agrippaient au bois lustré du montant. Ses ongles était d'un rouge carminé, comme ceux d'une femme fatale. Je n'avais jamais rien vu de semblable.

Je demeurai immobile pour ne pas l'effrayer. L'oiseau était à deux mètres. Il m'observait avec des yeux ronds, volumineux, vifs, pétillant d'une malice stupéfiante pour un être sorti d'un œuf. Il paraissait me jauger. Soudain il fit un bond et vint se jucher sur mon avant-bras. Les doigts se saisirent de ma peau mais ce fut supportable. Je restai pétrifié. C'était peut-être un oiseau captif qui s'était échappé de sa cage. Mais son attitude était différente de celle de ces piafs apeurés qui respectaient toujours une distance prudente avec l'humain. Soudain je crus m'étouffer.

L'oiseau venait de m'adresser la parole…

Une phrase venait d'être prononcée. Et je n'avais pas rêvé. J'avais bel et bien entendu. L'oiseau avait dit :

- Bonjour Baltimore. Tu as bien dormi ?
- Hein ! Quoi ! fis-je bardé d'émotion.

L'oiseau s'envola. J'avais sursauté et mon bras avait bougé.

- Hé là… Fais attention quand je suis sur ton bras !
- Mais…mais tu parles… arrivai-je à prononcer.

Aussitôt avais-je dit ces paroles idiotes que je réalisai que je m'étais adressé à un volatile. La scène était plus que grotesque. Je repoussai une seconde cette éventualité absurde. Les yeux fixés sur l'étrange oiseau je fus cloué sur place quand il me répondit, telle une évidence :

- Oui ! Je parle. Cela te choque ?

Le mot était faible.

- Heu… Quand même ! Ce n'est pas courant.

Là, il fit entendre un bouquet de cuicuis stridents et je compris qu'il riait. Sa voix était aiguë, proche de l'ultrason. Les oiseaux étaient dépourvus de cordes vocales. Ils émettaient les sons par un syrinx, une membrane vibrante située entre la trachée et les bronches. Mais par une sorte de prodige sa voix me parvenait comme amplifiée par un micro invisible. Cet oiseau était-il une espèce de huppe, ce volatile prodigieux qui imitait les oiseaux et même parfois les grillons et qui aurait élargi son répertoire à l'humain ? Ou bien était-ce un simple trucage ? Me faisait-on une farce ? C'était signé, pensai-je : François ! Un copain doué en tout, et con de surcroît, pouvait réaliser ce genre de montage. C'était sûrement ça et je répondis de mauvaise humeur :

- Allons François ! Arrête ! Ce n'est pas drôle.

L'oiseau se rapprocha en se dandinant sur la partie du drap qui me recouvrait. Prudemment, il atteignit ma cheville sur laquelle il se fixa en équilibre.

- Désolé ! Tu fais erreur, dit-il.

- Putain… Arrête François. Tu fais chier !

- Je constate que tu ne me crois pas, continua l'oiseau d'un ton pincé. Je te propose d'aller dehors. Tu verras bien alors que je parle, que je ne suis pas le fruit d'un quelconque bidouillage.

Je ne fus pas convaincu mais j'acquiesçai toutefois.

- Eh bien…allons dehors !

Je m'habillai en quatrième vitesse avec un short, un tee-shirt et des claquettes, c'est-à-dire le strict minimum. J'ouvris la porte d'entrée. Mon studio était au premier étage et je fus vite dehors. L'oiseau me rejoignit et se posa sur mon épaule. Ce piaf prenait ses aises et ça commençait à m'énerver.

Dehors il faisait bon. Il était neuf heures. Je m'éloignai, pressé d'en finir, avec cette farce stupide. A une bonne distance de mon immeuble, éloigné d'un quelconque trucage, sauf d'avoir un émetteur récepteur sur moi, ce qui était peu probable, j'avisai un banc en ciment et j'y posai mon postérieur sous l'effet de ma mauvaise humeur.

L'oiseau me laissa respirer. Et je crus durant ce court répit que j'avais raison. C'était bel et bien une blague et j'avais possédé François, malgré le doute qui subsistait et la présence de cet oiseau apprivoisé sur mon épaule. J'étais comme Saint Thomas. Il m'en fallait plus pour croire. Écroulé sur le banc, j'allongeai les jambes et commençai à me détendre.

- Tu vas mieux ? Tu me crois maintenant ?

Cela reprenait. Mais je m'y étais attendu pour être tout à fait honnête. Ce n'était plus la peine de me mentir. Toutefois, je ne répondis rien. Je nageais dans une quatrième dimension comme dans le feuilleton.

- Bah ! ajouta l'oiseau. Je ne suis pas vexé tu sais ! Un oiseau parle rarement à un être humain. Et dans sa langue d'origine !

Quoique je me débrouille pas mal en anglais et en chinois.

Je faillis demander pourquoi en chinois mais je me tus. C'était trop loufoque.
- Oui…oui… balbutiai-je du bout des lèvres.

Juché sur mon épaule il me parlait dans le creux de l'oreille. C'était plus pratique en un sens mais un reste de scepticisme me collait encore. Cependant dans cet échange surréaliste un détail clochait. L'oiseau connaissait ce surnom « Baltimore », dont je m'affublais, en secret, depuis des années. Mon prénom c'était Marcello. Un prénom que je trouvais ridicule mais que mes parents avaient trouvé original joint au nom de famille « Visconti ». Ils avaient pensé que cela sonnerait bien pour un petit-fils d'immigrés siciliens. J'en avais horreur malgré le fait que la plupart m'appelaient par le diminutif de « Marco » y compris ma fiancée, la belle rousse.
Baltimore n'était pas une invention de mon cerveau d'enfant. Ce nom avait fait le voyage cramponné sur le spermatozoïde de mon père et n'avait révélé son existence que le jour de mes six ans. Depuis lors, il était resté présent dans mes pensées. Je lui parlais chaque jour. Il m'écoutait, me répondait. Je n'avais jamais écrit son nom sur un de mes cahiers d'école. Je ne l'avais jamais dessiné. Il n'était jamais apparu dans une de mes poésies. Il n'existait qu'à l'intérieur de mon être. Ce n'était pas un confident, un de ces personnages invisibles qui demeurait au côté des enfants. Ma petite nièce appelait le sien Chilpéric. Comme le petit fils de Clovis. Elle avait dû entendre le nom de ce roi inconnu par un adulte féru d'histoire. Il apparaissait quand ça lui chantait et bien sûr, seule, ma nièce, le voyait et lui parlait. « Baltimore » c'était autre chose, c'était bien moi, une mouture qui attendait son heure pour apparaître et me reléguer à l'intérieur à sa place. Dans ces conditions comment ce foutu volatile savait-il ça ?

Je me levai. L'oiseau s'envola et tournoya autour de ma tête. Agacé, comme l'on fait d'une mouche à merde qui s'obstine à vouloir se poser sur vous, je tentai de l'éloigner :

- Allez ! Fiche le camp ou je te tords le cou.

L'oiseau s'éloigna mais revint se percher sur un arbuste à deux pas du banc. Une racine d'acacia qui s'était échappée du jardin voisin.
- Non ! C'est trop facile ! Je suis venu uniquement pour te voir. Je ne vais pas te lâcher.
- Comment ça ?
- Tu es dans la panade. Ton père te fait des misères. Je suis là pour te donner quelques conseils.

Exaspéré je fus tenté de lui rétorquer d'aller se faire foutre. La veille, j'avais eu une overdose de conseils de la part du père et je n'étais guère disposé à en entendre d'autres. Pourtant, à la réflexion, et venant d'une bestiole à plumes, c'était sans doute différent. Qu'est-ce que je risquais ? Je me rassis.
- Bon ! Je t'écoute.
- Je peux me poser sur ton bras ? Ce n'est pas confortable cette branche, ça bouge trop !

Il y avait du vent et l'arbrisseau avait du mal à supporter le poids de l'oiseau.
- Si tu veux… Viens !

Je le reçus dans la seconde comme un petit chien qui se serait précipité au pied de son maître adoré.
- T'es rapide mon pote !

J'avais fini par le lâcher ce mot d'argot, simple, affectueux, avec quand même un brin de supériorité. Puisque les rapports étaient une question de dominé et de dominant, j'avais besoin de prendre le pas sur ce volatile présomptueux.
- D'accord ! dis-je, en me demandant où cet étrange copinage allait m'entraîner ? Alors tu veux me donner des conseils ?
- Oui ! Des bons et des mauvais.
- Voyez-vous ça !
- Aujourd'hui, affirma l'oiseau d'un air gouailleur, je vais t'en donner un. Ce sera le premier…

- Le premier dis-tu ? Ce qui me laisse supposer qu'il y en aura d'autres.

Sans répondre à mon intervention il dit :
- Mon cher Marcello tu te ronges les ongles.

Et voilà donc ! Cet oiseau de malheur m'appelait maintenant Marcello. J'attendis la suite du laïus prêt à mordre.
- Tu fais de gros efforts pour le dissimuler. Cela donne de toi l'image d'un instable, d'un angoissé.

L'oiseau se tut. Attendait-il une réaction ? Je ne répondis rien. Que pouvais-je dire ? Entendre ses quatre vérités cela ne fait jamais plaisir.
- Mais tu as appris à vivre avec, dit-il encore.
- Si ton conseil c'est d'arrêter de me les ronger c'est peine perdue. Ma mère s'y est cassée les dents. Ses remontrances et ses encouragements, n'y ont rien fait. C'est comme ça ! Je me les bouffe, un point c'est tout.
- Non ! Tu te trompes. Mon conseil ne porte pas sur tes ongles. Mais sur une autre partie de ton corps.

Je roulai des yeux de surprise. L'oiseau s'envola car je bougeais trop. Il revint, d'un coup d'aile rapide, se poser sur le montant du banc. Je me tournai de trois-quarts pour mieux saisir la suite.
- Mon gars c'est autrement plus intime, plus enfoui ce dont je vais te parler.
- Ah ouais ? Et de quoi ?

Je commençais à être moins sûr de moi. Chacun détenait ses petits secrets. Moi plus que quiconque.
- Si on abordait le sujet de tes pieds ou de ton sexe ?

Fauché. J'étais fauché à la base. Quelle perfidie ! Bravo ! Côté vicelard il se portait là cet oiseau de fouille merde. Devant mon deuxième silence, plus long que le précédent, il se lança dans des explications qui relevaient plus d'un psychologue que d'un piaf, fut-il le meilleur des conseillers.

- Ton sexe ! Pour un adolescent attardé comme toi c'est encore normal. Tu y penses chaque jour, cela te prend la tête, n'est-ce pas ? Mais on y reviendra après. Parlons plutôt de tes pieds…
- Quoi de mes pieds ?

J'avais haussé le ton. Une panique m'envahit sournoisement. Pourquoi ce putain de volatile voulait-il causer de mes pieds ? J'avais toutefois ma petite idée.

- Les pieds, poursuivit cet enfoiré d'oiseau qui n'était plus mon pote, ceci dit en passant, restent méconnus. Ils sont plus secrets. Mais en ce qui te concerne c'est la plante qui nous intéresse. La peau par endroit y est douce, satinée. L'été quand il fait chaud, quand tu transpires dans tes baskets qui puent, elle gonfle, elle devient blanche, molle. Plus fragile, plus tendre, elle est plus vulnérable. Quand tu crois que personne ne te regarde, tu la mutiles, tu l'arraches. Parfois pour aller plus vite, plus profond, car tu n'as pas d'ongles, tu utilises la pointe de ton canif. Tu t'en donnes à cœur joie. Oui je sais, cela t'apaise. Tu détaches alors la peau jusqu'au sang. Jusqu'à la souffrance. Il faut ça pour que tu arrêtes. La douleur, le sang. Après tu as honte, c'est comme de se branler mais en pire. Tu penses que c'est mal. Seulement tu ne sais toujours pas pourquoi tu fais ça. Ensuite tu enfiles ta paire de chaussettes pour cacher tes pieds. Et tu as du mal à marcher. Mais cette douleur c'est la tienne. C'est ton mal de vivre que tu caches. Ensuite tu t'habitues mais le lendemain tu recommences. Cela fait des années que cette manie te pourrit la vie mon pauvre Marcello. Tu vois je suis gentil ! Je nomme ça « manie ». Un autre l'aurait désignée déviance ou psychose. L'avantage des pieds c'est que cela reste secret. Personne ne peut voir ce que tu fabriques. Personne ne se doute à quel point tu es malheureux malgré les apparences. Quand tu es à poil personne n'aura l'idée d'aller voir ce qui se passe là-dessous. Chaussures, chaussons... Tu es malin. Même à la plage quand tu t'allonges sur le sable tu te débrouilles pour que personne ne puisse remarquer tes croûtes noires permanentes.
- Comment sais-tu ça l'oiseau ? Je ne t'ai jamais vu.
- On ne se méfie jamais assez d'un oiseau. Mais je te rassure. Je ne t'ai jamais espionné. Par contre je ne peux pas te dire déjà

comment je suis au courant de tes petits secrets. Toutefois c'est très bien d'avoir stoppé cette pratique déplorable... C'est grâce à ta fiancée, la belle rousse. Les filles possèdent l'habitude de vous ausculter quand elles font l'amour. Rien de votre anatomie ne leur échappe. Tu ne voulais pas que la belle rousse apprenne ta faiblesse. Ce n'est guère sexy un garçon qui se mange la peau des pieds. Tu as fait un gros effort. Franchement je te félicite. Tu vois, rien n'est perdu ! On remonte toujours à la surface quand on croit se noyer. On touche le fond, un coup de talon et hop ! On remonte.

J'étais sonné ! Si j'avais pu, si j'avais eu assez d'adresse pour l'attraper, j'aurais étranglé cet oiseau de malheur pour qu'il se taise, pour ne pas entendre ce que je savais si bien. J'étais sans jus, incapable du moindre mouvement. Encore une fois au bord des larmes.

Imperturbable, conscient de l'effet produit, il attaqua dans une autre direction.

- Bon ! Puisque pour les pieds c'est réglé, que tu n'as plus besoin de conseil à ce sujet, voyons pour ton sexe !

C'en était trop ! Hystérique je me mis à hurler :
- Cela ne te regarde pas !

La voix tordue, brisée, ma phrase s'était terminée sur un couac lamentable.

- Oh que oui ! Tu fantasmes sur les vieilles. Avec de gros nichons. Quand ta rousse te demande de lui conter à l'oreille ce qui t'excite tu lui mens. Tu inventes des fadaises, salées, certes, mais tout à fait convenables. On va dire conventionnelles. Tu te gardes bien de lui sortir ce qui te plaît.

A ce stade de la discussion, je tentai de me défendre.
- Le complexe d'œdipe c'est normal après tout, non ? Cela va me passer. Tu l'as dit, je suis un peu en retard.

Il ne me restait plus que la dérision pour faire bonne figure face à cet oiseau ignoble. Il connaissait mes pensées profondes. J'allais péter un câble dans pas longtemps.

- Non Marcello cela va plus loin ! Tu ne te contentes pas de vouloir rencontrer une mère à travers ces femmes. Tu veux les châtier. Tu veux les martyriser, les insulter et les frapper.

Je me dressai d'un bond.
- Non ! Je ne les frappe pas.
- Ah c'est vrai ! Même dans tes fantasmes tu es trop peureux. Tu désires te venger. Mais sais-tu de quoi ? Je ne crois pas. Par contre tu aimes humilier ces pauvres quinquagénaires. Tu les insultes, tu les livres à des vauriens, tu les soumets aussi à des vilenies dont on se passera bien des détails. Toi et moi on les connaît. Mon gars, il faut te purger !
- Me purger ?
- Oui ! Il faut que tu vires tout ça de ton esprit.

Je commençai à reprendre de la vigueur. La suite m'intéressait davantage.
- Comment ?
- Tu dois aller voir une pute.
- Hein ?
- Oui ! Ne fais pas l'innocent. Plusieurs fois tu t'es rendu dans les rues chaudes à proximité de la gare Saint Charles. Les filles derrière les fenêtres où devant les hôtels. Cela ne te dit rien ? Hypocrite... Cela fait plus d'un an que tu vas les admirer sans oser les aborder. Eh bien, ose donc ! Cherche la plus vieille, la plus décatie et paye le prix sans marchander. Cette femme le mérite après ces années de tapin. Et dis-lui que tu as l'intention de proférer à son intention quelques obscénités pendant que tu la baiseras. Tu verras, mon petit gars, l'opération sera rapide. Elles ont l'habitude des jeunots de ton espèce. Ensuite tu iras mieux. Tu pourras passer à autre chose

L'oiseau, sur ces paroles qui me laissèrent pantois me salua et s'envola. Je le fixai intensément jusqu'à ce qu'il se perde dans le gris du ciel. J'étais atterré.

La dame s'appelait Monique

Luis regarda sa montre. Il n'était pas loin de dix-neuf heures. La délivrance quotidienne approchait et comme beaucoup de gens il possédait un emploi modeste. Il était vendeur dans une boutique de vêtements de luxe boulevard des Italiens. Pour manger, se loger, se vêtir et entretenir la bête. Son patron était de mauvais poil. Le chiffre d'affaires n'avait pas été bon. Assis sur son tabouret, il avait tiré sur son nœud de cravate en soie pour respirer. Son ventre coincé contre le tiroir de la caisse enregistreuse avait fait péter le bouton de sa chemise. Une touffe de poils gris sur un bout de chair tendue lui donnait l'air d'un bouddha ridicule. Dans son blazer bleu marine il puait la transpiration. La climatisation était tombée en panne et il faisait chaud. Dans l'après-midi, il avait ordonné à Luis de remettre sa veste que celui-ci avait ôtée pour ranger le rayon des pantalons et cela devant des clients. L'humiliation était venue s'ajouter aux autres. La liste était longue. Il y en avait tant eu durant ces années de labeur qu'il aurait pu être immunisé. Or ce n'était pas le cas. Luis supportait mal son patron qu'il voyait comme un sale type. Pourtant il le connaissait mieux que personne. Il avait noué avec lui une relation ambiguë, de haine et d'attachement. Ce fumier savait se faire obéir. Il l'admirait surtout parce que ce connard gagnait plein de fric. Ce que lui n'avait jamais été capable de faire.

Mais ce soir-là il n'était pas question de fermer la boutique à vingt heures passées comme c'était le cas avec des habitués qui rentraient juste avant la fermeture pour acheter un costume. Le genre de parvenus, remplis de suffisance, qui lui tendaient un chèque supérieur à son salaire pour se payer un ensemble veste et pantalon, une chemise et une cravate offerte par la maison. Ces types-là, il les aurait volontiers découpés en rondelles s'il avait eu un peu plus de courage.

Cela faisait quelques temps que la bête, ce démon qui l'habitait, ne s'était pas manifestée. Il pressentait un réveil imminent et se remémora avec délice sa dernière « aventure ». Par une lâcheté inconsciente il nommait de la sorte les actes auxquels la bête le poussait. Le plaisir qu'il ressentait lors de ces viols alimentait ses fantasmes. Sa conscience n'avait aucun remords. La lutte était trop inégale. Plus jeune il avait bien tenté d'exterminer la bête mais, à la longue, il y avait renoncé définitivement et la laisse de l'éducation s'était rompue. Il s'était à la longue résigné et pensait sincèrement que ce qu'il faisait aux femmes n'était pas trop grave puisqu'il ne les tuait pas malgré son envie. Une seule fois il avait failli à la règle. Mais le souvenir était vague, noyé d'incertitude.

Dans l'arrière-boutique il possédait un casier qui fermait à clef. Il y rangeait son couteau à cran d'arrêt, une cagoule noire et un calendrier des postes où il cochait les dates de ses expéditions réussies. Chaque année, en janvier, il le mettait avec ceux des années précédentes dans un carton au fond de sa cave. Il n'avait jamais pu s'en débarrasser. C'était plus fort que lui.
Les grilles tirées, Luis quitta le magasin, comme d'habitude, en laissant son patron, compter et recompter son fond de caisse.
Il avait plu. Le trottoir était encore glissant. Les nuages avaient déguerpi poussés par un vent du nord. Dans l'enfilade du boulevard des Capucines un avion traçait un fil argenté dans le ciel gris. Où ces gens allaient-ils ? Quelle destination avaient-ils choisis ? Luis n'était jamais monté dans la carlingue d'un long courrier.

Sa méthode était au point. La chasse consistait à repérer sa proie, ensuite faire sa connaissance, la séduire pour obtenir des informations. Puis il revenait plus tard, masqué et armé pour la contraindre à des jeux nés de son imagination pervertie. Sans la violence Luis était incapable de posséder une femme. Il avait essayé mais toutes ses tentatives avaient été de cuisants échecs.
Ce processus de repérage, puis de séduction, suivi ensuite d'un passage à l'acte, était le résultat de son esprit névrosé. Dans son délire sexuel, Luis mélangeait le désir d'être cajolé, le rejet du passé, et enfin le ressentiment né de sa vie solitaire et minable. Il cultivait inconsciemment un sentiment de vengeance envers les femmes de son enfance qui n'avaient pas su le câliner. Pour tout dire il se savait malade mais il s'en foutait éperdument.

Dans sa boite aux lettres, il avait trouvé la veille une publicité du casino Barrière, construit au bord d'un lac à Enghien-les-Bains. Il s'était persuadé que ce lieu pouvait être un excellent terrain de chasse et que ça le changerait des rues de la capitale, des boites et des bars de nuit où il avait coutume de draguer les femmes esseulées. Il dîna au Chartier. Après avoir réglé sa note il fit appeler par le serveur un taxi pour se rendre au casino car il ne possédait pas de voiture.

Quand le taxi arriva sur place la nuit était bien installée. Les lampadaires sur le parking brillaient pareils à d'immenses vers luisants. Des lumières multicolores éclairaient aussi la façade en verre. Cette mise en scène procurait un air de fête, propice à entretenir le standing du casino et surtout la bonne humeur des clients. Luis s'arrêta devant l'entrée principale. C'était samedi. Il y avait du monde. Il avait vu à la télévision un reportage sur Las Vegas avec son fleuve gigantesque de néons, ses casinos innombrables. Il ne put s'empêcher de faire la comparaison. Rien à voir ! conclut-il.

A l'intérieur le souffle de la climatisation le surprit mais cette sensation ne dura pas. Dans la cohue qui inondait le casino il eut tôt fait d'avoir chaud. Il ouvrit sa veste mais il n'osa pas l'enlever. Par contre, il défit sa cravate et la rangea dans une de ses poches intérieures. Il était plus à son aise et ça lui donnait un air décontracté. Il avait un physique avantageux et teignait aussi ses cheveux pour conserver une jeunesse illusoire. Quand une femme lui demandait son âge il répondait quarante-huit ans. Il en avait près de soixante.

Il montra sa carte d'identité pour accéder à la zone des jeux et déambula lentement entre les rangées des diverses machines à sous. Il n'était pas venu pour jouer. Puis nonchalamment il se dirigea vers le Pearls'bar. Il fut distrait un moment par un écran qui transmettait un match de foot puis continua vers le bar du Salon des Princes avec sa terrasse sur le lac. Il s'y attarda. Une armure de samouraï trônait dans la salle mais Luis n'y prêta pas attention. Il s'approcha du comptoir et demanda une vodka. Avec son verre à la main il prit le temps d'observer autour de lui en savourant à l'avance sa future chasse. Il avait repéré le terrain où il comptait opérer. Quand il eut vidé son verre il l'abandonna sur une table, se leva puis repartit voir les joueurs agglutinées devant les machines. Il observa un moment une valeureuse vieillarde couverte de bijoux ostentatoires. Il y avait aussi d'autres femmes, à l'évidence seules, qui valaient qu'il s'y intéresse un peu plus. Il les étudia à la dérobée, assez longtemps, les suivant d'une machine à une autre, parfois se plaçant à côté et se mettant à son tour sur une machine de libre. Il jouait alors mais sans conviction, cherchant plutôt à croiser leur regard, à engager la conversation. Mais le jeu était le plus fort et il demeurait invisible. Ses approches furent vaines. Il changea alors de tactique.

Il jeta enfin son dévolu sur une femme, une apparition fugace entre un bouquet de visages, qui avait aussitôt disparu et qu'il avait revue ensuite. La malchance pour cette élégante personne fut de s'être attardée alors qu'elle s'était sentie lasse et qu'elle avait décidé de rentrer chez elle. En gagnant la sortie elle était tombée sur cet homme et son regard avait croisé le sien durant quelques secondes. Elle avait changé d'avis en faisant semblant de s'intéresser aux machines de poker. Après tout, avait-elle pensé, elle ne partait jamais si tôt... Cette femme avait eu donc la mauvaise idée de s'octroyer une prolongation pour satisfaire sa curiosité vis-à-vis de l'inconnu. Elle était une habituée de l'établissement et elle n'avait jamais rencontré cet homme. Elle s'en serait souvenue, songea-t-elle, car il avait exactement le genre qui lui plaisait.

Luis fut ravi de la revoir. Tels des fleurets leurs yeux avaient croisé le fer. Enfin, s'était-il dit, en voilà une qui sortait du lot. Une pour qui il n'était pas invisible. Manifestement elle avait fini de jouer. C'était une femme séduisante d'une quarantaine d'années environ mais ses mains affichaient de toute évidence un âge plus avancé. Elle était brune, les cheveux enroulés dans un chignon joliment tressé, un profil grec, une poitrine siliconée mise en valeur dans un décolleté à faire rougir une jeunette, une jupe au-dessus des genoux, de hauts talons argentés, elle fixait pensivement une machine. Sur sa hanche pendait un sac pailleté assorti aux chaussures.

Les femmes d'un certain âge qui se prenaient encore pour une poupée Barbie avaient toujours fait un sacré effet à Luis. Avec des gestes gracieux elle ouvrit le sac, y jeta un œil, comme pour vérifier quelque chose, puis le referma avant de se diriger vers le bar. Et dans ce mouvement qu'elle fit alors pour se déplacer, elle percuta, pour la deuxième fois, le regard de cet homme charmant qui n'avait d'yeux que pour elle. Il était positionné en retrait, immobile, comme un chien à l'arrêt guettant une poule d'eau qui se serait égarée.

Au bar elle commanda une coupe de champagne au garçon qu'elle tutoya et qu'elle appela Tino. Elle adressa un bonjour de la tête à un couple qui s'en allait et elle salua de la main une octogénaire blonde et décrépite qui alimentait, pièce par pièce, une machine rutilante à laquelle elle était accrochée comme une huître à son rocher. Cette femme était une habituée. L'instant était propice. D'un pas étudié, souple, Luis s'approcha. Elle n'avait rien d'une biche apeurée et repéra son manège, restant impassible faisant mine de n'avoir rien vu.

Il se fit servir un autre verre de vodka. Accoudé au comptoir, il s'immergea alors dans les reflets multicolores des verres à pied rangés devant lui. L'instant qui précédait une rencontre attisait la bête. Il laissa couler une lampée d'alcool dans sa gorge. Son attitude était parfaitement étudiée. Au cours de ses nombreuses et terribles rencontres il en avait peaufiné les étapes. Par cette feinte il laissait ainsi le temps à sa victime de s'habituer à sa présence. Une attaque trop directe était rarement efficace. Il était nécessaire de respecter certaines règles. De l'éducation s'imposait. Une tenue vestimentaire et une allure parfaitement classe faisaient le reste. Il repoussa le verre et joua sa première carte. Il extirpa d'un bel étui doré une cigarette et fit mine de chercher un briquet qu'il savait ne point détenir. Et pour cause : il ne fumait pas. Les cigarettes n'étaient qu'un appeau.

- Veuillez m'excuser ! J'ai perdu mon briquet. Avez-vous du feu ?
- Je veux bien vous en donner mais c'est interdit de fumer ici. Vous avez ces cabines si vraiment l'envie est trop forte.
- Ah, c'est vrai ! répondit-il dans un soupir faussement étonné. Mais je ne suis pas assez intoxiqué pour m'enfermer là-dedans.

Vous vous rendez compte… ces cabines sont aussi exiguës que celle d'une douche.

- C'est le lieu idéal pour faire des rencontres, plaisanta-t-elle.
- Non merci ! Je préfère le bar pour ça.

Il poussa son pion plus avant.
- Je n'arrive pas à me faire à cette loi. Bientôt, vous verrez, on nous empêchera de boire comme au temps de la prohibition. Et je ne parle pas des radars sur la route !

La femme ne se fit pas prier pour alimenter la conversation. Avec une curiosité convenue, elle reprit :
- Vous vous êtes fait piéger ?

Il mentit effrontément :
- Il y a quelques jours, en revenant de Lille. A l'entrée d'une agglomération je me suis fait flasher à 59 km à l'heure. J'ai freiné mais trop tard... C'est ça le problème avec les voitures puissantes. Cela m'a coûté un point sur mon permis.

Elle ajouta pour faire bonne mesure :
- Aujourd'hui quand on roule on a davantage le nez sur son compteur plutôt que sur la route.

Assis sur leurs tabourets, ils eurent conscience que cet échange verbal était une passerelle pour se rejoindre. Enveloppés dans le brouhaha, le miaulement des machines, ils continuèrent sur le même ton badin. La dame s'appelait Monique. Au terme d'une heure de parlote, d'un autre verre de vodka et d'une autre coupe de champagne, Monique accepta de raccompagner cet homme charmant sur Paris car, avait-il précisé, il était venu en taxi. Elle possédait une Porche, une rareté, soi-disant, que son défunt mari richissime s'était offert quelques années avant de tirer sa révérence au terme d'une longue maladie, suivant la formule consacrée. Pour ne pas dire cancer de la peau ou sida. Cet homme s'était marié davantage pour afficher une respectabilité propice à ses affaires. Mais c'était la compagnie des hommes et la fréquentation des caves gay de Berlin qui lui avaient tenu le bas-ventre et obscurci l'esprit. Durant ces années ce mari-là s'était envoyé des jeunes mecs à une époque où le sida était connu mais pas encore pris au sérieux.

Il y avait un prix à payer pour tout. Celui de ses jouissances avait été la déchéance et la mort. Il avait souffert horriblement avant de crever tout seul à l'hôpital de la Salpêtrière. Sa femme avait refusé de l'assister dans ces derniers moments. Son mari n'avait pris aucune précaution et il l'avait contaminée. Depuis, elle luttait contre la maladie, refusant de prendre le traitement préconisé et préférant suivre un régime draconien. Contre toute attente cela semblait porter ses fruits. Ayant réussi la gageure de vivre presque normalement, elle claquait son fric au poker, en voyages, en vêtements, ne fumait plus et elle se modérait sur les coupes de champagne. Quant au sexe, c'était compliqué. Aucun homme n'avait eu assez de courage pour enfiler un préservatif et lui faire l'amour.

En buvant sa coupe du bout des lèvres elle avait cru un instant qu'avouer sa séropositivité, le soir même, était une bonne idée. Mais pas au casino ! s'était-elle dit. Il y avait trop de monde. Le mieux c'était chez elle. De cette façon cet homme, dont elle ne connaissait pas encore le nom, Luis s'étant bien gardé de le lui donner, s'en repartirait, sans doute désolé, sans même l'avoir touchée. En agissant ainsi elle croyait se préserver, éviter une attente amoureuse qui serait montée en force et qui l'aurait faite souffrir au terme de longues journées de déprime.

Ce fut donc tout naturellement, lors du voyage du retour, qu'elle lui proposa de venir boire un verre chez elle. Luis fut surpris et fut tenté de refuser l'invitation car cela ne collait pas avec sa façon d'agir. Mais la femme insista et il accepta.

Entre les deux j'hésitais

Mon père se rendait souvent à Paris en avion dans le cadre de son boulot. Il bossait pour une compagnie pétrolière américaine dont un des sièges était à Casablanca. Il avait fait un détour par Marseille pour me féliciter de ma réussite au baccalauréat. Il ne s'était pas attendu à une telle réception de ma part. C'était la première fois que je me rebellais. L'entretien sur le parking avait dégénéré. Sa vision réduite de mon avenir, puis mon rejet d'y adhérer, avaient fichu le feu aux poudres. Il était reparti, fâché. Cependant, il m'avait bien prévenu. Son congé annuel démarrait la semaine suivante. Avec ma mère et ma frangine, il avait l'intention de remonter en voiture par l'Espagne. Puis me prendre au passage pour passer le mois de juillet dans leur nouvelle maison en Provence. Celle de leur future retraite. En août je devais repartir avec eux, par le même itinéraire.

La veille, ma fiancée était partie en compagnie des siens en Andalousie. Un retour vers le passé. Celui de son père qui avait de la famille à Ronda. Notamment un frère aîné qu'il n'avait pas revu depuis 1935. Une paille ! Franco était vieux et l'ombre de son képi faisait moins peur. Cela les avait décidés à faire ce voyage.

J'étais seul pour quelques jours avant l'arrivée de mes parents. Ligoté dans mon avenir. Ma fiancée avait échafaudé des projets pour nous deux. Très amoureuse, elle avait foi en moi et fine mouche, elle se targuait d'avoir tout prévu. Un cousin pouvait nous héberger chez lui à Paris, le temps de nous retourner. Elle comptait sur ses deux années de dactylographie pour dénicher un travail et faire bouillir la marmite le temps de mes études à la Sorbonne. Je m'étais longtemps demandé si ce projet qu'elle avait eu était pour m'aider ou juste pour mesurer l'amour que je disais avoir pour elle. Je n'avais rien fait pour l'en dissuader. Ses parents n'étaient pas chauds. Cela se comprenait. Mais par contre ils n'étaient pas comme les miens. Ils laissaient le libre choix à leur fille même si ça ne leur faisait pas plaisir.

Ce jour-là je me souviens de l'oiseau. Ce qu'il m'avait dit au sujet des prostituées. Une voix me souffla de m'exécuter. Cet oiseau était le diable. Je m'étais promené quelquefois dans les quartiers chauds, c'est-à-dire derrière le Vieux-Port. Mes pas alanguis m'avaient porté dans ces lieux de perdition où se côtoyaient sex-shops, hôtels borgnes, bars privés et chambres minables où les filles, pour la joie des mecs, œuvraient sans trop être emmerdées par les flics.

Dès que le temps le permettait, elles déballaient leurs cuisses et leurs seins. Toutes celles qui arboraient les décolletés les plus audacieux, qui étaient les mieux équipées question nichons, me faisaient jaillir les yeux des trous comme dans un vieux dessin animé de Tex Avery. Après plusieurs passages devant ces chairs étalées, je repartais, honteux, la queue entre les jambes. Ces femmes-là explosaient ma libido. Mon désir était décuplé par le côté sordide de ces lieux, par le trafic louche lié autour, par la vulgarité du langage que parfois j'y entendais et par la supposée mauvaise éducation que ce monde avait reçue. Je dois dire une éducation à l'opposé de la mienne, si propre, si respectable. La pulsion que je ressentais en passant devant ces femmes-là, en croisant leur regard direct, exacerbait mon fantasme. Je croyais lire dans leurs yeux maquillés, sur leurs lèvres rouges, dans leur décolletés ravageurs, la noirceur du trottoir, la lubricité de ce peuple grouillant qui m'attirait tant.

C'était comme une décharge de chevrotine en pleine poire. J'avançais avec l'entendement blessé, les genoux flageolants, les mains tremblantes, le dos en sueur, les joues empourprées. Ma timidité que certains auraient nommé lâcheté, veulerie, m'empêchait d'aller plus loin. Pourtant j'avais osé, un jour, demander à l'une d'elles le prix de la passe. Mais je m'étais enfui bêtement. J'avais senti son regard moqueur peser sur mon dos de puceau. Je ne savais pas d'où me venait cette obsession. Saleté d'oiseau qui avait deviné ce travers. Je n'en étais pas revenu. Parfois il m'arrivait de douter de la conversation que j'avais eue avec ce putain de volatile. Ce qu'il avait dit m'avait profondément secoué. Il avait raison, je devais aller jusqu'au fond de ma lucide envie.

L'épreuve était inévitable. Réaliser ce plan cul sans état d'âme.

Accoster une pute, lui parler en osant la reluquer. Planter mes yeux dans les siens en lui réclamer le tarif. Puis la suivre dans l'hôtel miteux, rester indifférent aux simagrées du taulier, monter l'escalier le nez sur ses fesses pour enfin me plier à l'humiliation ultime du nettoyage de ma bite dans le lavabo. Je devais ravaler ma honte et mes remords. Il était clair que ce n'était pas le cas pour tout le monde. La rue était remplie de machos qui ne se posaient pas ces questions. Ils payaient, ils tiraient leur coup et rentraient tranquillement chez eux. En outre, comme j'avais la permission de l'oiseau, je comptais en profiter.

Cela m'arrangeait.

Je me levai d'un bond, m'habillai, raflai les billets que j'avais sur le frigo, tant pis pour la bouffe, et je filai à l'arrêt du bus.

La nuit commençait à tomber. Le Vieux Port derrière moi, je m'enfonçai d'un pas décidé dans les ruelles du quartier. Les murs restituaient aux passants la chaleur du jour. Une fille tapinait devant un hôtel borgne. Elle avait entre trente et quarante ans. Difficile à dire. Elle avait dû être jolie avant de faire ce métier. Brune, fardée, elle exhibait ses lolos sous un chemisier ouvert. Plus loin il y en avait une autre. Une vieille, grosse, vêtue de cuir, des cuissardes rouges, avec un visage qui avait fait la guerre du fric, de la violence, de la drogue, du froid, du sperme et de la soumission. Sa poitrine était gigantesque. Ses seins débordaient d'un bustier noir à lanières. Les tétons dardaient par l'échancrure du décolleté. Ses doigts boudinés, aux griffes de sorcière, arboraient des bagouzes à fracasser les mentons. Les mains sur les hanches, elle attendait le client, devant son antre de dépravation, forte de ses terribles années de tapinage. De sa porte entrebâillée j'avais aperçu une panoplie de fouets, de chaînes et d'autres gadgets.

Entre les deux j'hésitais.

Je formulai pour l'une et l'autre des adjectifs appropriés. Jeune vicieuse ou salope vieillissante. J'entrevis aussi la liste des mots orduriers que j'avais l'intention de débiter et qui me faisait déjà saliver. J'étais venu pour cette raison. Pour ce que ma conscience qualifiait de dégueulasse. Pour insulter les femmes, les rabaisser, pour me venger pour tout dire. J'avançai à l'instinct, à l'impulsion. L'oiseau m'avait conseillé de le faire. Cela me suffisait pour que je trouve dans cet abandon une légitimité.

La vieille me tentait. C'était plus cochon, plus défendu, plus avilissant. Avec la vieille peau j'offrais le spectacle affligeant d'un jeunot réclamant les faveurs d'une pute qui aurait pu être sa grand-mère. L'oiseau n'avait pas parlé d'âge. L'autre fille me semblait être un choix plus raisonnable. L'oiseau devrait s'en contenter.

La séance dura vingt minutes… Lorsque la fille enleva le bas et conserva son soutien-gorge et que je lui en fis la remarque elle répondit, avec une sacrée mauvaise foi, que c'était plus cher. La garce m'avait vu débarquer avec mes gros sabots et mon air peu dégourdi. Cependant j'avais obtempéré et lui avais donné un autre billet. Or quand j'avais empoigné ce que je venais de payer elle avait calmé mes ardeurs de pétrissage en me disant de ne point les toucher, juste regarder. Alors comme un con et un triple niais que j'étais, subjugué par son autorité, j'avais obéi en fermant ma gueule.

Cet épisode me fit voir la réalité en face. J'étais nu, allongé sur ce dessus de lit rouge fané, où bien d'autres mecs étaient passés avant moi, avec une fille, à la mine de princesse déchue et fatiguée, qui branlait du bout des doigts mon sexe ramolli, dans le décor déprimant de cette chambre sale et qui m'apparut dans sa cruelle vérité. Après avoir subi la honte du passage à l'acte j'allais donc me confronter à l'humiliation suprême de ne point y arriver. Je fus incapable de proférer le moindre soupir, ni la moindre grossièreté, comme je me l'étais promis. En matière de prostituée je n'étais qu'un apprenti. Dès qu'il fallait du courage j'étais aux abonnés absents. Ce n'était pas les léchouilles, les rares pénétrations que ma fiancée m'avait offertes, qui avaient dégauchi le puceau que j'étais. J'avais des failles à combler sur les pratiques du sexe. Je désirais être un loup et je n'étais qu'un agneau.

Dès que la fille obtint une semi-érection elle me chevaucha et s'accrochant au rebord du lit, elle ondula de la croupe, le regard perdu dans de sombres pensées. Il s'en fallut d'un poil que je capitule. Toutefois, l'image de la travailleuse qui attendait plus loin vint à la rescousse. Je me cramponnai mentalement à ce corps volumineux, empaqueté dans sa tenue de maîtresse de bas étage. Je parvins à me transformer en véritable mâle de base. Dans ce fantasme brutal je la maltraitai, je l'insultai. A peine avais-je entamé la projection de ce film que l'éjaculation arriva et me prit au dépourvu. En voulant me retenir, jugeant l'instant prématuré, je gâchai la totalité de ma jouissance. Le plaisir est éphémère, dit-on et soudain m'apparut une pensée fugace.

Que serait donc devenue l'humanité si l'éjaculation n'avait pas existé ? Ou mieux encore, si le jet de sperme n'avait pas été accompagné de ce plaisir qui anéantit le cerveau durant ces quelques secondes ? Si pour procréer il y avait eu un autre moyen le monde aurait-il été meilleur ?

Dehors il faisait nuit. J'avais la peau humide. La rue était à peine éclairée. Le lampadaire le plus proche était fracassé. Les ombres dessinées par la lune perchée dans son ciel de velours accentuaient le sinistre de la rue et obscurcissaient mon esprit en débandade. J'avançais tel un boxer ayant perdu le match au dernier round. Je n'étais pas fier de ma prestation. Ce n'était pas une bonne chose d'ouvrir la cage à la bête qui sommeillait. J'avais trompé ma fiancée suivant les préceptes de la morale.

Ma cogitation s'accéléra. Sur le port les touristes se baladaient. Des hippies, installés en cercle par terre, buvaient des bières et fumaient des joints. Des chiens couraient autour. Des flics les regardaient soupçonneux. La routine quoi ! Je fis volte-face et filais vers la Canebière.

J'avais fait ça pour rien. Ce n'était pas une question d'argent. J'en avais suffisamment pour me payer la vieille pute. Cette idée s'incrusta. Pourquoi pas ? me dis-je, à mi-voix, pour mieux en saisir l'évidence. Revenir sur mes pas, aller jusqu'au bout, pour ne plus y penser, et pour que se taisent les sarcasmes de l'oiseau.

Aux terrasses des cafés la jeunesse s'éclatait devant des tables bondées. Sur les trottoirs, garçons et filles, verres de bière ou de tequila à la main, cigarette au bec, discutaient bruyamment. La fête dans ce qu'elle possédait de meilleur et d'éphémère. Ces visages heureux contrastaient avec ma mine déconfite. Nous étions de la même génération mais je me sentais exclu.

Dans un bar je commandai une pression, puis deux, et me nichai dans un coin. Des fêtards pris dans la mêlée de leur beuverie joyeuse ne prêtèrent nullement attention à moi. Cette manifestation de la vie me fit du bien. Mon trop plein de bière me surprit et j'allais pisser. La fièvre chevillée au corps, tel un somnambule, je décidai alors de retourner là-bas... La vieille prostituée allait m'entendre et je me jurais de ne point faillir.

Elle était à son poste, monstrueusement belle dans sa robe de laideur. La clientèle ne se battait guère devant sa porte. Elle m'aperçut, hésitant, godiche, et me fit signe de la main. Les dès étaient jetés. Je ne pouvais plus reculer. Je traversai la chaussée et lui demandai oubliant complètement le côté terre-à-terre du prix :

- Je peux venir avec toi ?
- Bien sûr, mon minet !

Avec cette femme sur le retour il se passa enfin quelque chose. Elle se déshabilla entièrement. Sa peau était douce et je me perdis dans les plis de ses bourrelets. Professionnelle, elle pigea ce que je voulais. Elle m'offrit la jouissance de ses énormes seins. Très vite je lâchai prise. Timidement j'osai une petite et première insulte, livré dans un souffle à peine audible. Tout ce qu'il y avait de plus classique pour un petit mâle en rut :

- Salope !

Elle sourit et m'encouragea à continuer. Combien en avait-elle eu des types comme moi ? Des centaines. Des milliers…

J'exultai. La passe se déroula extrêmement vite. J'en bavai, me défoulai de la sorte sur la gent féminine, sans savoir l'origine de mon attitude. Au faite de mon paroxysme, j'entendis aussi, comme sortant de la bouche de mon double Baltimore, des mots sans équivoque destinés à me rabaisser, à m'insulter moi-même, et à m'en prendre aussi aux hommes, à ces êtres bipèdes qui me ressemblaient tant. La récompense de ces égarements verbaux fut alors ponctuée par un orgasme qui sembla durer une éternité et qui me détruisit physiquement.

Plus tard, dehors, je me mis en quête d'un arrêt d'autobus et je rentrai chez moi. A peine la porte refermée je me dirigeai vers ma table. Sous la lumière jaune de ma lampe je me mis à écrire sur mon cahier à spirale. Mes poèmes étaient toujours le fruit d'un sentiment tumultueux. Soudain les phrases jaillissaient comme l'eau d'une vanne d'un barrage de montagne. Avec la même violence, le même fracas. Cela me calmait, absorbait les peines et les injustices qui trop souvent me faisaient chialer. J'étais fragile. Pour un rien une larme perçait. Et dans ces instants de faiblesse je me haïssais. Parfois mes écritures manquaient de forme, de finition, mais le fond restait d'une sincérité absolue. Mais pour ce poème-là je manquais d'audace. J'avais du mal à assumer ce que j'avais fait. Un poème, tôt ou tard, pouvait être lu par un inconnu. Ou pire par un proche !

Jusqu'au cœur de son cœur

Monique appuya sur le boîtier et le portail automatique de la résidence de luxe s'ouvrit sur un garage. Elle gara la Porche, coupa le contact, se retourna et s'empara de son sac à main. Elle descendit et Luis déplia ses jambes pour s'extraire à son tour de la voiture. Un bip et la porte d'un ascenseur s'écarta. A première vue tout ici était impeccable, moderne, luxueux. Dans la cage de l'ascenseur Luis se mira dans la glace et se trouva fière allure. Il y avait six étages. Monique occupait les deux derniers. L'immeuble se situait dans la partie haute de la rue Piat, face au parc de Belleville. La vue sur Paris y était unique.

Luis en eut la confirmation lorsqu'il rentra à l'intérieur. C'était une entrée grandiose. Il n'avait jamais vu un décor pareil. Un imposant sphinx, issu d'un lointain pillage égyptien surveillait le séjour. Un arbre exotique en occupait l'espace. Son hôtesse lui fit les honneurs et lui expliqua en deux mots que son mari aimait les ventes aux enchères. Des meubles offraient une image digne de paraître dans une revue spécialisée. Un escalier noir en colimaçon reliait l'étage supérieur avec ses nombreuses chambres. Des tableaux de maîtres, de lourdes portes avec des poignées tarabiscotées, des tapis sur du marbre clair, des abat-jours rococos, des objets remontés du fond des âges dont le moindre cendrier méritait de figurer sous les spots d'un musée. Dans ce vaste appartement tout indiquait richesse et profusion. La femme remarqua alors l'expression de Luis. Comme pour s'en s'excuser elle dit :

- Tout cela c'est l'œuvre de mon mari ! C'est lui qui a fait construire la résidence. Mais cet endroit me pèse. Il est trop grand pour moi. Je ne maîtrise pas son volume. Je pense que je vais vendre et acheter autre chose, plus modeste, et qui me ressemble.

Luis fit la grimace.
- Moi si j'avais une bicoque pareille je la garderais ! Ah oui… C'est sûr ! Je n'en chercherais pas une autre.

Le fond du séjour n'était qu'une baie vitrée donnant sur un

terrasse avec les lumières de la capitale en arrière-plan. Une piscine avec une belle eau turquoise, éclairée, aux dimensions modestes, en occupait le centre. Sur la gauche un bar devant un salon d'été avec des plantes dans de grands pots. Plus loin la terrasse dégringolait de quelques marches décorées de jarres en céramique rouge, où poussaient des plantes grasses, charnues et piquantes. Une quiétude se dégageait de ce cocon douillet. Les lumières confortaient la plénitude de ce lieu. Impressionné, Luis émit un sifflement cavalier qui fit sourire son hôtesse.

La bête appréciait le décor.

Inconsciente du danger qu'elle encourait Monique proposa un verre. Le bar était garni de bouteilles d'alcool. Il y avait de tout. Elle prit comme un air d'excuse et précisa :
- Ces bouteilles sont là depuis la mort de mon mari. Il avait beaucoup d'amis. Moi, de toute façon, je ne peux pas boire.

Elle s'attendait à ce que son invité lui en demande la raison, ce qui aurait été l'occasion d'aborder le sujet de sa maladie. Mais Luis resta silencieux. Pour meubler la conversation Monique poursuivit :
- Il y a une bouteille de vodka. Tenez, servez-vous... Faites comme chez vous…

Elle extirpa du frigo américain un bol de glaçons et en tomba un sur le sol. Elle se pencha pour le récupérer et le jeter. Luis lorgna au passage dans son décolleté qui laissait entrevoir sa poitrine bronzée. Son cerveau fonctionnait bizarrement. Il se servit un verre de vodka. Il ne savait plus où il en était. Il était ivre et il se dit que ce verre ce n'était pas raisonnable. La bête, au contraire, était ravie. Elle le poussait dans cette direction. Quand elle décidait pour lui il n'avait plus qu'à s'incliner.

Monique se servit une menthe à l'eau et l'invita à s'asseoir sur le canapé. Elle avait tiré un pouf et s'y était installée. Sa jupe était remontée sur ses cuisses. Elle tenait ses genoux serrés. Luis fixait les chevilles de sa future proie et il fantasma un instant sur les talons hauts qui frôlaient sa chaussure. Soudain il avala de grandes gorgées d'alcool qui lui brûlèrent l'œsophage. Il transpirait et s'essuya le front. Monique souriait. Elle était gênée. Son invité semblait mal à l'aise ? Bizarrement elle ne savait plus comment aborder la conversation. Ce fut Luis qui parla le premier.

La bête n'en pouvait plus. Il la tutoya :
- Tu es vraiment bien fichue ma belle !

Elle ne s'attendait pas à une attaque si brusque de la part de cet homme. Jusqu'ici il avait été d'une politesse et d'un charme exquis. Surprise, mais ne se faisant aucune illusion sur l'esprit mâle, elle regretta que sa muflerie ait mis si peu de temps pour tomber le masque.
Cela allait faciliter son projet de transparence, songea-t-elle. Elle fit mine d'être contente et le remercia, usant à son tour du tutoiement :
- Je te remercie ! Tu n'es pas mal aussi ! Mais je dois te dire…
- Morue !

Ce mot qu'elle entendit, qu'elle avait parfaitement entendu la sidéra et la bloqua net dans sa phrase. Interloquée elle mit du temps à répondre :
- Je rêve ! Qu'est-ce que tu viens de dire ?
- Tu n'es qu'une sale pute ! Fous-toi à poil !

Monique ravala sa question et le fixa intensément. L'homme se tenait vautré sur le canapé, les jambes croisées, le bras gauche posé sur l'accoudoir, la main droite tenant le verre quasiment vide. Ses yeux étaient d'un éclat extrême. Son visage pourpre transpirait abondamment. Il était dans un état de surexcitation avancé et elle jugea prudent de conserver le silence. Elle avait encore joué de malchance. Il la dévorait toujours des yeux et il ne disait plus rien. Elle tenta alors de le calmer :
- Écoute ! Ce soir je ne suis pas en forme pour jouer ! Mais je te promets que la prochaine fois on sort le grand jeu. La grande baise... Tous les deux ici... On se saoulera et on fera toutes les cochonneries qui te passeront par la tête.

En argumentant de cette façon Monique pensa qu'elle avait une chance d'éteindre la mèche. Lourdement, Luis se leva et elle en fit autant. Mais à peine fut-elle dressée sur ses talons qu'elle reçut une gifle monumentale. Elle boula violemment contre le mur. Titubant sous la force du coup, elle resta toutefois sur ses pieds.

Ce fut là seulement qu'elle eut peur. Une peur foudroyante qui lui prit les tripes avec l'envie de vomir.

Luis se campa sur ses jambes pour mieux se jeter sur elle. Il eut une lueur de lucidité. Il n'avait jamais opéré de cette façon à visage découvert. Il avait toujours commis ses forfaits cagoulé dans le cas improbable où ses victimes auraient osé passer outre leur humiliation et porter plainte. Il était encore temps de faire marche arrière. Cette femme ne connaissait pas son nom. Il y avait peu de chance que leurs chemins se croisent à nouveau. Il n'était répréhensible que d'une gifle. A condition qu'elle aille de suite chez un toubib et qu'elle porte plainte. Il fut sur le point de s'en aller. Luis était lâche.

Mais la bête, lorsqu'elle tenait une proie, ne lâchait plus.

La pression fut la plus forte. La maison était déserte. La nuit devant. Il fit un pas en avant et ses insultes furent couvertes par le cri aiguë de Monique. Avec une violence inouïe il arracha ses vêtements. Il la frappa une deuxième fois pour qu'elle se taise. Dans son scénario de fou il convenait qu'elle accepte d'être soumise à sa volonté, qu'elle se couche et qu'elle ouvre les cuisses. Il s'empara d'un couteau rangé près du barbecue et il découpa son soutien-gorge, tandis qu'elle sanglotait, anéantie. Monique, renonça à se défendre, et se mit à prier à voix basse. Elle était contaminée, séropositive. Il était dangereux d'avoir un rapport sexuel avec elle. Elle voulut alors utiliser le sida comme un bouclier. Dans l'espoir de l'effrayer et de le stopper. Mais aucun son ne parvint à sortir de sa bouche.

Les coups reçus l'avaient plongée dans une terreur profonde qui la tétanisait. La douleur était forte mais elle la supportait. Ses lèvres étaient tuméfiées et un filet de sang coulait le long de sa pommette. Après tout, se dit-elle, ce n'était pas la fin du monde.

Elle allait être violée. Il était probable qu'elle survivrait. A bien considérer les choses elle n'était plus une oie blanche. Avant d'être malade, délaissée par son époux, elle avait comblé le vide de sa déconvenue amoureuse par quelques aventures sans lendemain. Et tant pis si ce salaud attrapait le virus ! Cette pensée fugace l'apaisa un peu. Elle cessa de marmonner sa prière et fit en sorte d'être docile pour que cela aille vite.

Quand il eut réduit en miettes les bouts de tissu qui couvraient sa nudité, qu'elle fut allongée sur le dos, à ses pieds, chienne tremblante, sur le carrelage froid, il la considéra goguenard. Elle retrouva un semblant d'énergie pour ouvrir les yeux, fixer son tortionnaire :

- Écarte ! Connasse !

Il se déboutonna. Elle se mordit la lèvre inférieure, crispa les poings, puis s'abandonna pour avoir le moins mal tandis qu'il la violait.

Quand il se releva, satisfait, reculotté, Luis tourna le dos à sa victime inconsciente et ouvrit le bar. Il attrapa la vodka et but à même le goulot. Le liquide dégoulina sur son menton. Il faillit s'étouffer, toussa et cracha l'alcool qu'il avait encore dans sa bouche.

 - Ah ! Putain de salope. Je n'en ai pas fini avec toi.

Monique ne répondit pas. Elle avait repris ses esprits mais elle était encore incapable de bouger, de se relever. Les yeux fermés, elle voulut se raccrocher à sa prière, mais son esprit vacillait. Elle était en équilibre sur le fil. Dessous, il y avait le vide de l'inconscience qui happait inexorablement ses sens. Ce fut bien pour elle car elle ne vit pas son bourreau s'emparer du couteau et s'approcher lentement. Son voyage vers l'au-delà commença quelques secondes plus tard. Dès qu'elle eut cessé de respirer, après que le couteau eut traversé la chair, en ayant découpé un passage dévastateur jusqu'au au cœur de son cœur. A l'endroit même où elle avait rangé ses amours déçus, ses rares amitiés, et le souvenir de ses parents.

Luis toujours sous l'emprise de la bête regarda avec calme le corps de sa victime qui ne manifestait plus aucun signe de respiration. La lame était enfoncée jusqu'au manche et attestait de la violence du geste. Un filet de sang glissait sur la peau, le long du ventre, et se répandait sur le sol. Hypnotisé par la couleur rouge qui jurait sur le blanc du carrelage, la bête appréciait la situation. Elle avait réussi son coup. Elle avait téléguidé la main de Luis. Son plaisir en avait été décuplé au centuple. Puisque cet imbécile avait agi prématurément, il n'y avait eu aucune échappatoire. La mort sans hésitation. C'était la dure loi des prédateurs. Satisfaite, repue de foutre et de sang, la bête tira le rideau sur la scène de crime. Elle se recroquevilla dans le tréfonds de son repaire pour un long sommeil. Et laissa Luis se débrouiller tout seul pour l'acte suivant. Celui d'une pièce dramatique qui se jouait devant un parterre vide.

Quand il n'était plus sous l'emprise de la bête, Luis redevenait monsieur tout le monde. Pire que ça ! Il ne lisait aucun journal. Il n'avait jamais acheté un livre. Quant aux bibliothèques il savait qu'il y en avait une immense, en bord de Seine, mais il n'y était jamais rentré. Cela s'arrêtait là. S'il avait eu, un jour, la curiosité de plonger dans un roman policier il aurait été moins désemparé face à ce corps sans vie qui gisait devant lui.

Luis le fixa longuement et eut une succession de sentiments différents. La vue de la morte déclencha un effet kaléidoscope. Il s'imagina arrêté par les flics, menotté, tabassé, puis jugé et enfermé dans une cellule étroite pour le restant de sa vie. Voilà qu'il éprouvait maintenant une contrefaçon de remord pour sa victime. Paradoxalement, en cet instant précis, il ressentait de la compassion. Il se sentait sincèrement désolé. Luis n'avait pas voulu ça. Seule la bête était responsable. Comme lors de ses viols il s'apitoyait sur lui-même, parvenant même à s'arracher une larme.
Enfin reprenant peu à peu le contrôle il se mit à réfléchir. Il essuya consciencieusement le verre et la bouteille de vodka. Puis il s'approcha de Monique et s'agenouilla à côté d'elle. Hésitant, il tenta d'ôter le couteau de la plaie mais se ravisa et préféra

plutôt essuyer le manche. Du sang imbiba la serviette qu'il avait prise. Méticuleusement, il la plia en quatre de façon à cacher la tâche. Soudain il pensa à son sperme mais se rassura vite. Il n'avait jamais été fiché. Son ADN n'était pas répertorié. Jusqu'alors il ne s'était jamais soucié de ce genre de détail. Il savait que la majorité des femmes violentées portaient rarement plainte. C'était pour cette raison qu'il n'était jamais allé au-delà. Et aussi, fallait-il bien se l'avouer, parce que pour tuer cela requérait une certaine forme de courage et qu'il en était totalement dépourvu. C'était elle, la bête assassine, qui avait frappé. Il n'avait pas été assez fort pour la repousser.

Mais un meurtre c'était du sérieux. Avec une enquête criminelle à la clef. Au casino Barrière des tas de gens l'avait aperçu en compagnie de cette femme. A l'avenir, pensa-t-il fiévreusement, il devrait éviter ce lieu.

Pour brouiller les pistes, par jeu, avec le pied, il fit basculer Monique dans la piscine. Elle coula rapidement puis remonta lentement à la surface. Il regarda le cadavre s'immobiliser. Le dos rond et les membres en croix, il était comme une plante arrachée du fond d'une mare et qui serait remontée à la surface pour pourrir au soleil de la nuit. Luis s'envoya alors une autre rasade de vodka. Et pour éviter toute erreur préféra garder la bouteille avec lui. Il en restait encore une bonne moitié. Pour s'assommer et ne plus avoir à penser. Demain serait un autre jour. Un dimanche comme il en avait horreur. Un dimanche à se lever, passé midi, fourbu, et désœuvré, dans son appartement minable en désordre. Un dimanche à tourner en rond et à se vautrer devant la télé. Un dimanche à sortir le soir, à rôder en ville, à reluquer les femmes, puis, épuisé, à rentrer enfin chez lui pour retomber dans le cercle infernal de sa solitude et de ses fantasmes.

Il descendit par l'ascenseur. Il n'y avait rien à craindre.
Monique lui avait dit qu'il ne desservait que son appartement. Tout comme le garage. Les locataires des étages possédaient un parking à l'extérieur. A côté de la porte automatique il y en avait une autre, en métal gris, avec une clef dessus. Une porte qu'il n'avait pas remarquée en arrivant. Cela tombait bien. Il avait

omis de récupérer le boîtier qui ouvrait la porte du garage. La clef dans sa poche, il sortit et fila rapidement en passant d'une zone d'ombre à une autre. En sursautant à la moindre alerte, en écoutant la nuit qui pesait sur le silence citadin. Il conservait encore la vision de la femme qu'il venait d'occire.

Non ! Je reste ici.

La chaleur des jours suivant fut étouffante. La gaieté estivale de ceux qui gravitaient autour de moi m'énervait profondément. Réfugié dans ma chambre, le rideau tiré, coupé de l'agressivité du dehors, je ruminais de sombres pensées. La télé branchée, de la bouffe étalée partout, mes vêtements éparpillés sur le sol, pas lavé ni rasé, je bivouaquais dans l'attente d'un je-ne-sais-quoi.

A cette époque je n'avais pas découvert l'effet anesthésiant du pur malt. Je végétais donc comme une larve n'ayant goût à rien. L'oiseau ne s'était plus manifesté et ma virée nocturne chez les putes m'avait refilé un pet au casque. Je n'avais pas fait le tri avec la morale que l'on m'avait inculquée à coups de phrases soignées. J'ignorais à cet âge qu'une éducation n'était réussie que lorsqu'on était parvenu à s'en défaire. Tout ce qui avait trait au sexe me rendait mal-à-l'aise. J'étais persuadé que je n'aimais personne.

Ce fut dans cette prostration que la famille me tomba dessus un samedi matin de bonne heure.

Ma mère ne me fit aucune remontrance en voyant le bazar dans le studio. Elle crut que j'étais malade. Penaud je répondis par la négative. Pourtant j'aurais aimé que ma chère mère, cette sainte femme, me fasse la gueule, qu'elle me dise que je n'étais qu'un petit con. J'aurais aimé qu'elle ait, à mon égard, des faiblesses de tendresse. Mais suivant son habitude, elle demeura distante, avec un zeste de compassion bourgeoise. Elle eut même une phrase qui me cloua dans ma culpabilité. Une phrase acide dont elle avait le secret et qui me transperça les sentiments :

- Tu étais si mignon quand tu étais petit !

Il n'était pas question de s'attarder. Mes vieux désiraient filer au plus tôt dans un bled paumé dans le Lubéron. Ils avaient acheté dans un hameau une baraque de pierres et de ronces en prévision de leur future retraite. Lors des vacances précédentes ils avaient craqué pour ce lieu solitaire. Une idée de barge. Pour moi lorsqu' arrivait la vieillesse on avait davantage besoin d'un hosto à proximité plutôt qu'un champ de rocaille plombé par le soleil et le chant des cigales. Après m'avoir aidé à ranger mon fouillis nous avons pris la route de la Provence. Sur le siège arrière de la DS19, nouvelle fierté de la famille, le front sur la vitre, j'avais regardé la route défiler. Ma sœur était excitée comme une puce. Mon père avait préparé une liste de travaux à réaliser qu'il ne tiendrait pas. Quant à ma mère, plus réaliste, elle se faisait un sang d'encre et calculait déjà comment elle allait faire face à ces dépenses.

La maison possédait une belle noblesse malgré ses lézardes et ses murs délabrés. Bien sûr bien trop vaste pour eux deux. Il y avait du boulot et mon père, le lendemain de notre arrivée, tenta de planifier la rénovation avec les artisans du coin.

Perdue dans la nature, la maison était plantée dans un parc centenaire. Un silence de campagne nous entourait. Un silence fabriqué par la mélodie des branches sous la baguette du vent, la cacophonie des piafs, le bêlement des brebis dans le pré, le vol des mouches et la pétarade des rares voitures qui passaient au bout du chemin de terre. La nuit on entendait ces putains de crapauds qui faisaient la java dans la mare croupissante. Parfois un chien solitaire hurlait dans le lointain et me réveillait en sursaut.

Ce mois de juillet demeura complètement linéaire.

Frustré, j'imaginais mes camarades du collège qui faisaient la foire à Londres. J'en voulais à la terre entière d'être coincé dans cette campagne. En priorité à mon père qui avait refusé mon départ outre-Manche. Je passais mon temps à faire la gueule. Souvent je m'échappais et mon carnet sous le bras, un crayon dans la poche, je me réfugiais près d'un ruisseau que j'avais découvert et dont je m'étais bien gardé d'en dévoiler la présence. Je ne savais pas parler. Plutôt je ne voulais pas parler. J'écrivais. Ma petite frangine, la pauvrette, avait tenté une fois de m'accompagner mais avec l'égoïsme qui me caractérisait, je l'avais remballée sans aucun état d'âme. On parle souvent de la complicité qui existe entre frère et sœur, de l'amour fraternel qui unit aussi les membres d'une famille, mais, coincé dans ma bêtise juvénile, je rejetais l'idée en bloc.

On m'imposait une famille. Je désirais être orphelin.

On m'imposait une religion. Je voulais être athée.

On m'imposait des études scientifiques. Je rêvais de lettres.
On m'imposait de l'ordre. J'étais bordélique.

Ce « on » je croyais sincèrement qu'il désignait principalement mon père qui me saoulait avec ses théories et ses monologues militaristes d'après-guerre. J'étais jeune, avec l'envie, comme ceux de mon âge, de tout casser. Je ne voulais pas rester à la remorque de mon avenir. Vivre ma vie sans contrainte. C'était ça mon idée à la con ! J'en avais marre que l'on me dise d'être un autre. Marre d'être un gentil garçon. J'en avais marre mais je ne faisais rien pour que cela change. Mais ce « on » était bien plus ambiguë et je n'avais pas encore compris qu'il n'était pas lié complètement au seul rôle protecteur que jouait mon père avec toute sa maladroite tendresse. J'étais seul responsable de ce qui m'arrivait. J'avais surtout la pétoche d'affronter mon géniteur. Ma limite de résistance était-elle si éloignée ou bien étais-je si lâche que cela ? Un beau matin, à l'ombre d'un saule pleureur, les pieds dans l'eau, je relisais un poème à voix haute. Un joli poème que j'avais écrit la veille. Il parlait d'un petit pommier qui voulait marcher et qui ne comprenait pas pourquoi il était enraciné dans la terre.

- Cet arbre c'est toi mon petit Marcello !

Je levai la tête. Au milieu du ruisseau, sur un gros galet qui émergeait, il y avait l'oiseau. J'avais déclamé mon poème les yeux posés sur mes dix orteils pour mieux me concentrer sur l'image du pommier qui m'avait inspiré. Et je n'avais pas vu le piaf se poser là. Ses petits yeux globules brillaient avec cette intelligence particulière et unique. Son plumage avait changé et il ressemblait à un martin-pêcheur. Je n'avais pas totalement assimilé qu'il était capable de changer d'aspect à souhait comme un humain change de chemise. Cependant je ne m'arrêtais pas à ce détail car pour moi tous les piafs se ressemblaient. Mais cet oiseau-là était capable de tout.

- Pourquoi dis-tu ça ?

- C'est évident ! Tu es coincé dans cette cambrousse. Ton père t'a interdit de rejoindre tes copains. Tu vois c'est clair… C'est ton inconscient qui t'a fait écrire ces vers.

Je me rendis à l'évidence. Utilisant mon silence il ajouta :
- Tu es allé voir les prostituées… Je te félicite mon gars ! Même si tu le vis mal c'est maintenant derrière toi. On va passer à autre chose. Veux-tu mon deuxième conseil ?

Avant de répondre par l'affirmative car j'étais extrêmement curieux de savoir quelle mauvaise idée trottait dans sa tête à bec, je me permis de préciser :
- Ouais ! J'ai fait ce que tu m'as suggéré. Je n'en suis pas fier. Ce qui me turlupine c'est de savoir comment tu es au courant. Tu me surveilles ?

L'oiseau comme la première fois se mit à rire. Il rétorqua :
- C'est mon secret ! Plus tard sans doute. Alors ce conseil, je te le dis ?

De mauvaise grâce pour ne pas avoir l'air d'être intéressé je répondis :
- Bon ! Vas-y… Mais je t'avertis quand même… Je n'ai pas l'intention de le suivre. Une fois ça m'a suffi !

L'oiseau donna un coup d'aile et vint se poser sur ma main. Son plumage était constellé de gouttes d'eau. Il faisait chaud et il avait l'air d'apprécier cette humidité. Il déploya ses ailes et les agita violemment pour s'ébrouer. Il paraissait être en confiance. Et allez donc savoir pourquoi une pensée fugitive me traversa l'esprit. J'eus l'idée saugrenue de l'attraper et de lui tordre le cou. Mais il devait être télépathe car il s'exclama :
- Hé ! Pas de ça ! Je te rappelle que je suis là uniquement pour toi. Je suis venu de loin dans ce but. Et dis-toi bien que je ne veux que ton bien. Pour des raisons que tu dois ignorer.
- Alors c'est quoi ? le coupai-je sèchement.

Son baratin m'excédait déjà. Je n'étais pas d'humeur.
- Dans moins de huit jours, poursuivit-il, le congé de ton père arrivant à sa fin, vous allez repartir pour le Maroc. Tu as vingt ans, un passeport en poche et du pognon sur ton compte que ta mère alimente pour subvenir à tes besoins. C'est l'été et tu as

envie de vivre ta vie, comme tu dis. Alors profites-en !

- Tu es marrant l'oiseau. Comment je fais ?

- Ne fais pas l'idiot... Un peu de courage voyons !

- Admettons ! fis-je dubitatif.

- Si j'étais toi, un humain, jeune et plein d'allant, se moqua le volatile, je laisserais tomber la famille à Malaga. De là tu peux te tirer à Séville ou même à Ronda rejoindre ta copine… Ou tu peux prendre un bateau en partance pour l'Afrique.

- Oui ! C'est bien beau ça… Et je fais comment ?

- Allons creuse-toi la cervelle mon petit père ! A toi de voir... Trouve la solution tout seul. Je ne vais pas te mâcher le boulot. Il y aura des cris et des larmes mais personne n'en mourra. Tu dois en passer par-là pour te prouver que tu existes. Que tu es capable d'agir seul à ta guise.

Pas convaincu pour deux sous j'enlevai mes pieds de l'eau et j'enfilai mes espadrilles. L'oiseau s'était posé sur une branche basse. L'idée était folle. Un tel acte déclencherait un cataclysme familial. Je n'étais qu'un couillon en ce qui concernait la réalité de l'existence. J'étais nul. Un petit garçon. Combien mon père avait raison de me tenir la tête sous l'eau.

Il avait raison ce putain d'oiseau.

J'avais besoin d'un vrai coup d'éclat pour secouer la famille. Un électrochoc pour me relancer dans la vie. Ou plutôt pour la faire naître. J'étais un nouveau-né moribond qui avait besoin d'une violence électrique pour m'ouvrir les yeux sur un monde qui m'était resté obscur durant vingt ans.

Sur le point de répondre que j'allais réfléchir cet abruti de piaf avait foutu le camp. Je le cherchai désespérément. Connement je le sifflai comme on appelle un chien. C'était si facile pour un oiseau, car en trois secondes et un battement d'ailes l'empaillé mettait de la distance. Je maugréai dans ma barbe et je râlai sur ce qui venait de se passer. Ma quiétude littéraire s'était envolée en même temps que le piaf. Ce projet merdique faisait déjà des dégâts. Il échauffait mon esprit tourmenté. Laisser tomber la famille à Malaga, c'était quand même assez génial, pensai-je. Mais cela me faisait peur.

Comme pour l'épisode des putes, il était évident que l'idée ne me lâcherait plus.

Chaque nuit elle contorsionnerait mon oreiller. J'en baverais sous le drap. Au matin elle me nouerait encore l'estomac devant le bol du petit déjeuner. Dans la journée elle reviendrait taper des dizaines de fois contre les cloisons de ma tête, jusqu'à la rupture, jusqu'à l'acceptation. Jusqu'à l'irréparable.

Ce fut la semaine suivante. Nous avions pris la route à l'aube. Après un rapide arrêt pipi sur la plage de Sète encore déserte, la frontière passée, nous nous étions arrêtés pour déjeuner au bord de la route. Puis mon père nous avait fait faire des mouvements de gymnastique. Il nous avait dit d'un air joyeux, entre deux exercices d'assouplissement, de respirer énergiquement, de faire le plein de la fraîcheur pyrénéenne afin de mieux supporter plus tard le souffle brûlant du Chergui qui nous attendait là-bas, sur le sol marocain. Mon père avait conservé ses vieilles habitudes de boy-scout, et nous avait fait traverser Madrid à la boussole pour éviter de nous perdre. Puis, à l'unanimité, nous avions poussé jusqu'à Cordoba.

Une longue étape que nous avions vécue, ma frangine et moi, à l'arrière de la voiture entre nos sacs et nos oreillers, bercés par le ronronnement du moteur, réveillés par les exclamations du père ou de la mère qui de temps à autre nous tiraient de notre léthargie. Il y avait aussi le klaxon à l'italienne que mon père actionnait à la moindre occasion et qui nous amusait beaucoup. J'aimais ces voyages en voiture. Parfois ma mère entonnait de sa voix claire « A la claire fontaine » ou « Le petit cordonnier », chansons que nous reprenions ensemble tandis que mon père, avec sa voix basse et grave, tentait de se joindre à nous pour le refrain mais toujours avec un petit temps de retard. Puis la route reprenait ses droits. Je retombais alors dans un semi-coma où je m'élevais lentement dans un monde de ma fabrication.

Dans ces moments-là il était inutile de m'adresser la parole. Je n'entendais plus rien. J'étais complètement hermétique et ma sœur était obligée de me secouer énergiquement pour m'avertir lorsqu'on m'avait posé une question à laquelle, bien entendu, je tardais toujours à répondre.

Le deuxième jour nous arrivâmes à Malaga. Après le dîner, nous nous promenâmes sur les « remblas ». Ma mère marchait au bras de son mari, ma sœur était devant papillonnant, et moi, buté, traînant la savate, adolescent retardé, ruminant le plan que j'avais élaboré pour ma future évasion. Mais je n'étais pas sûr encore de ma détermination et je repoussais sans cesse ma prise de décision. Pourtant matériellement j'étais fin prêt. Avant de partir j'avais vidé mon carnet de caisse d'épargne et j'avais caché les billets roulés dans une chaussette au fond de mon sac que je tenais en bandoulière. Un simple sac en osier à la mode de l'époque. J'y avais rangé deux tee-shirts, une carte Michelin du Maroc, un maillot, deux slips, mon passeport, une casquette verte du royal golf de Rabat que l'on m'avait offerte, un paquet de cigarettes, un vieux Zippo, un roman de Jack London que je n'avais pas commencé et mon éternel viatique poétique avec son crayon coincé dans les spirales métalliques du cahier.

Quand la voiture passa le portail qui donnait accès au port, mon sac était posé sur mes genoux, comme un rempart, pour tenter de camoufler le bruit de mon cœur qui battait la chamade, et je fixais obstinément la nuque du paternel avec la peur au ventre, dans l'attente de l'irrémédiable. La voiture avançait au ralenti. Mon père conduisait avec précaution et suivait attentivement les consignes des employés du port qui faisaient aligner les voitures pare-chocs contre pare-chocs. Devant, les camions prioritaires, dans des manœuvres savantes disparaissaient, tour à tour, dans la gueule béante du ferry. Celui-ci était imposant et il nous dominait avec ses ponts juxtaposés de la hauteur d'un immeuble. Les employés du port gesticulaient frénétiquement et guidaient les chauffeurs. Recroquevillé sur le siège, je fixais la scène et ces pantins braillant comme dans un cauchemar.
Mais au fur et à mesure que l'on avançait je sentais que j'allais flancher.
Mes parents et ma sœur étalaient une bonne humeur qui était décalée à l'extrême avec ce que je ressentais. Cette joie, d'une traversée, ce retour vers Casablanca, avec la promesse de beaux jours sous le soleil, dans le jardin de la villa, de baignades à la plage et d'excursions dans le bled, d'un séjour à Fès, d'agapes

autour d'un couscous royal, tous ces projets j'allais les faire exploser en un feu d'artifice de larmes et de cris. Moi Marcello, leur unique garçon, et Dieu seul savait combien mes parents étaient fiers de leur fiston, malgré mes velléités de rébellion, par ma décision qui resterait incompréhensible, je m'apprêtais à les abandonner. Par cet acte j'étais persuadé que je reniais ma famille et tout ce qu'ils m'avaient enseigné.

Ce fut pour cette raison que j'eus tant de difficultés à ouvrir la portière, pour lever mon cul du siège. Le sac sur mes genoux pesait une tonne car il était le symbole de ma liberté.

Les douaniers étaient passés inspecter la voiture. Devant nous il y avait encore des voitures qui attendaient de grimper dans le ferry. Puis quand l'employé nous fit signe d'avancer il n'y avait plus à tergiverser. J'avais attendu jusqu'à la dernière extrémité. J'étais au pied du mur. Soit, je restais un petit garçon, un péteux, soit j'étais un homme ou plutôt je devenais un homme. A mes yeux c'était colossal.

J'avalai ma salive car ma gorge était nouée puis de la manière dont on se jette dans le vide pour mourir, j'ouvris la portière. Promptement je quittai la voiture à l'instant même où mon père démarrait pour passer dans le ferry. Je faillis me ficher en l'air et j'entendis mon père gueuler :

- Qu'est-ce que tu fais Marco ? Allez remonte ! Ce n'est pas le moment.

Dans un état de grand délire je répondis :
- Non ! Je reste ici. Partez sans moi.

Puis m'adressant plus spécialement à mon père je précisai :
- Tu n'as pas voulu que je m'en aille avec les copains. J'en ai marre de tes ordres. Je te signale que pour moi la famille ce n'est pas l'armée. Alors je me barre ! Je vais rejoindre des amis...

Je venais d'inventer ce mensonge à la seule fin de rassurer ma mère. Il était inutile qu'elle sache que je partais tout seul à l'aventure. Comme prévu la voiture devint la scène d'un drame tragique comique. Mon père, cramoisi, demeura silencieux trois secondes. Le temps nécessaire pour réaliser ce que je venais de dire. Sa rage s'exprima en cris et en injures mais je m'y étais préparé. Ma mère éclata en sanglots les mains jointes dans un réflexe de prière. Ma sœur ne comprenait rien. Puis subitement elle aussi pleura à chaudes larmes. Là-dessus, les voitures qui se trouvaient derrière nous, et constatant que nous n'avancions plus, se mirent à klaxonner tandis que les employés du port nous faisaient des signes frénétiques. Mon père sous l'effet de la surprise avait calé. C'était un vrai bordel ! Tout se déroulait comme prévu. J'avais échafaudé ce plan diabolique pour éviter toute discussion, pour que mon départ soit rapide, afin que je ne puisse pas reculer au dernier moment sous la pression du père que je redoutais tant.

La voiture redémarra et j'entendis :

- Quel con ! Quel sale petit con !

Puis dans un soubresaut la DS19, bondit en avant. Les pneus miaulèrent sur le goudron brûlant et je crus une seconde que mon père manœuvrait pour faire demi-tour. Alors, sans attendre davantage, retenant difficilement mes larmes, je ramassai le sac que j'avais laissé tomber par terre sous le coup de l'émotion. Je m'enfuis à grands pas vers la sortie. Pris de remords, je me retournai et leur lançai un pitoyable signe de la main que je regrettai aussitôt. J'aperçus, le temps d'un éclair, le visage de ma frangine qui, à genoux sur la banquette arrière, me faisait au revoir en agitant sa main. Puis la voiture disparut dans le trou du ferry. Craignant de voir resurgir comme un fou mon père je me mis à galoper vers le portail. Avec mon sac brinquebalant sur le côté, le visage en larmes, je passai ainsi devant le gardien du port. Osant me retourner, voyant que personne ne m'avait suivi, je repris une démarche normale et tentai de retrouver mon souffle.

Luis reprit son train-train

Luis reprit son train-train : métro-boulot, malbouffe, télévision, fantasmes. La bête était rassasiée. Prudente elle se tenait cachée dans sa tanière de chair. Elle le laissa tranquille, ne lui intima aucune pulsion qui l'aurait poussé à traîner les nuits suivantes. Elle respectait le travailleur qu'il était et ne l'emmerdait jamais au cours de la semaine, respectueuse du repos de son esclave.

Il ne lisait jamais la feuille de chou locale. Un gratuit parmi tant d'autres Mais pour une fois il fit une exception. Durant quinze jours, avant d'entamer sa journée à la boutique, il se la procura et fiévreusement consulta la rubrique des fait-divers. Le seul cadavre qui fut découvert durant cette période fut celui d'un SDF qui avait été jeté dans la Seine par-dessus le pont Neuf. Le deuxième samedi consécutif à son forfait la peur s'était dissipée dans la transpiration de ses journées. Il y avait eu beaucoup de monde au magasin et son patron ne lui avait pas laissé un seul instant de répit.

La grille enfin tirée sur la vitrine du magasin jusqu'au lundi matin, Luis, comme à l'accoutumé, sortit de la boutique par la porte de derrière, ferma à clef, retira sa cravate et rejoignit le restaurant le Chartier. Il négligea les places vides du rez-de-chaussée et préféra le premier étage. Il y venait régulièrement dîner après le boulot. Ce n'était pas cher. On lui désigna une table et il prit place sans dire un mot. Luis refusait la sympathie commerciale des serveurs et avait un regard fuyant. Regard qui se relevait quand il apercevait une femme à une table voisine qui enflammait son imagination. Il commanda en priorité une bière qu'on lui apporta aussitôt. Luis avait soif. Il but d'un trait la moitié du verre. Il s'essuya les lèvres du revers de la main. La droite. Celle qui avait enfoncé le couteau dans le ventre de Monique. Ces jours-ci, il l'avait regardée à maintes reprises, comme si elle lui était détachée. Comme si elle avait agi seule. Il avait parcouru encore le journal et n'avait rien trouvé relatif à son acte. Cela l'inquiétait. Il voulut en avoir le cœur net et décida qu'il ferait ce soir un tour devant l'immeuble. Quand il eut fini de manger il fit signe au serveur de venir. Celui-ci empocha le billet tendu, fouilla dans la poche de son tablier, en extirpa d'un geste vif la monnaie et la déposa dans une coupelle en plastique après avoir déchiré le ticket de caisse.

Luis quitta le restaurant aux alentours de vingt-et-une heures et se rendit sur les Champs-Élysées. Il fit la queue au Macdonald et s'offrit une crème glacée au caramel accompagnée d'un café. Il devait patienter, attendre que la nuit soit bien installée, que la population soit barricadée chez elle. Sur les trottoirs il y avait encore du monde. Il était trop tard pour aller au cinéma. Alors il déambula le long des rues, suivant sa façon, en reluquant les femmes, les suivant, puis les abandonnant, conscient qu'il avait autre chose à faire. Il pénétra dans une salle de jeux et joua au flipper, dépensant la monnaie qu'il avait. Quand il en ressortit il était encore trop tôt. Une animation joyeuse animait les rues. Ses pas l'avaient ramené dans le Marais. La jeunesse grouillait dans ce quartier. Des étudiants et d'autres, se mélangeaient dans les bars musicaux. Ils s'agglutinaient sur les trottoirs comme des essaims, verres à la main et cigarettes dans l'autre. La jeunesse de Luis était loin. Il ne s'en souvenait pas. Elle avait été morne, désespérée. La vue d'un travesti qui tapinait sous un porche le calma mais cela ne lui fit nullement oublier son projet. Il remonta à pied le boulevard du Faubourg-du-Temple. Luis était un marcheur infatigable. Il était capable d'arquer ainsi toute la nuit. Puis il emprunta la rue de Belleville jusqu'au bas de la rue Piat. Il n'avait plus qu'à monter la butte. Il fit une courte pause, appuyé contre un mur, le cœur en accélération. Il était minuit passé... La nuit avait recouvert le quartier. La rue était sombre, immobile et déserte. C'était ce qu'il attendait... Conscient de la bêtise qu'il faisait, en revenant ainsi sur les lieux du meurtre, il s'engagea sur le trottoir et stoppa à une dizaine de mètres de la résidence de Monique.

Quand il parvint au niveau de l'immeuble il suivit son chemin comme un simple promeneur. Furtivement, il observa la façade. La terrasse était éclairée. Le bruit sourd de la ville faisait un fond sonore mais il entendit cependant une musique étouffée qui parvenait de là-haut. La maison respirait et cela le troubla profondément. Il était effaré. Il s'attendait à ce que tout soit fermé. Il semblait au contraire que la vie continuait. Il avança, n'osant pas se retourner et fit le tour du quartier. Il repassa ainsi deux fois dans la rue sans s'arrêter. A son troisième passage il eut un haut-le-cœur. La terrasse était éteinte mais la porte du garage dans la rue était ouverte. Il se cacha derrière une voiture stationnée. Soudain, il aperçut une silhouette féminine qui allait et venait autour de la Porche. Puis la porte se referma. Deux minutes après, une fenêtre du sixième s'éclaira. Il savait que c'était la chambre de Monique. Avant de quitter les lieux de son crime il avait pris le temps de visiter l'appartement. Soudain la terrasse se ralluma. Il resta ainsi vingt minutes à l'observer. Puis quelqu'un éteignit toutes les lumières sauf celle de la fameuse chambre. Peu après il vit le volet électrique de la pièce se refermer dans un grincement. Cette personne en question n'aimait pas, vraisemblablement, être réveillée par la clarté du jour. Luis avait perdu la notion du temps. Il était resté là, accroupi derrière la voiture, incapable de détacher son regard de la façade Il était déstabilisé et ne comprenait rien. Il se releva et s'enfuit à toute jambe.

Le lendemain, il voulut en savoir davantage. Malgré l'angoisse qui le taraudait il reprit la direction de la rue Piat en début d'après-midi. C'était un dimanche qui sentait déjà l'été. Les fenêtres du sixième étage étaient ouvertes. Mais le garage était fermé. Dans le parc il y avait du monde. Il s'installa sur un banc à côté d'une petite vieille qui donnait à manger à des pigeons. De sa position il voyait la porte du garage de la résidence. Des dizaines d'abeilles tournoyaient autour des massifs. Des oiseaux chantaient. Dix minutes plus tard la vieille aux pigeons avait filé. Luis avait chaud mais il patienta. Comme il n'avait aperçu aucun mouvement dans la résidence, il s'obstina durant plus d'une heure. Il était ruisselant. Son cuir chevelu le démangeait. Il s'essuyait pour l'unième fois le front quand le portail se mit soudain en mouvement. La lumière orange clignotait. Il se leva d'un seul bond et quitta le banc précipitamment. C'était bien la Porche qui s'engageait dans la rue avec une femme au volant. Quand elle passa devant lui, il risqua un œil pour voir le visage de la conductrice. Il n'en crut pas ses yeux. Il devait forcément faire erreur. Cette femme ne pouvait pas être celle qu'il avait tuée. Pourtant, elle lui ressemblait étrangement.

Pour la première fois il regretta de ne point avoir de voiture. De toute évidence elle n'avait pas fait attention à lui. Il abandonna son poste d'observation et rejoignit la station de métro la plus proche. Où pouvait-elle se rendre ? Qui était-elle ? Y avait-il eu un enterrement ? Il avait consulté la rubrique nécrologique mais n'avait rien vu de spécial. Tout en marchant Luis se posa cent questions auxquelles il n'y avait pas de réponse.

Il était inutile de revenir surveiller la maison. C'était risqué. A force de traîner dans la rue sa présence répétée pouvait donner l'éveil. La police enquêtait peut-être dans l'ombre pour mieux le coincer. Il n'avait pas trop intérêt à se montrer.

Le mardi matin il reprit le boulot mais dévoré d'incertitudes. La semaine lui parût interminable malgré l'affluence boulevard des Italiens. Il envisagea diverses hypothèses. Les déroulant en s'en faire mal à la tête. Il n'avait aucun remord mais une frousse qui montait en puissance. En plus la bête le harcelait. Maintenant qu'il avait commencé pourquoi s'arrêter-là ? Si un jour il devait faire de la prison autant profiter maintenant de sa liberté, lui soufflait-elle, inlassablement. Luis luttait et tentait de repousser ces immondes pensées. Mais en vain.

Après sa journée de travail, il s'en fut louer une voiture dans la première agence venue. La curiosité était la plus forte. Il voulait en avoir le cœur net. Il repartit aussitôt à Belleville. Il se gara à proximité de la résidence. Au tableau de bord il était vingt-et-une heures. Il orienta son rétroviseur afin de surveiller la rue et se cala dans le fauteuil. Il avait la soirée et la nuit pour lui

Une heure plus tard la Porche passa à vitesse réduite devant la Clio et négocia le virage avec précaution. Il eut tout juste le temps d'apercevoir le visage de la brune au volant. Il en fut tout retourné. Elle ressemblait étonnamment à cette pute de femme, cette salope de Monique. Cependant il ne pouvait imaginer une seconde que ce fut elle. Il l'avait bel et bien trucidée. Il en était certain. Le cadavre était resté à flotter dans la piscine, dans sa position, la face dans l'eau. Au moins pendant dix minutes, peut-être plus, sans parler du couteau qui était resté planté dans le ventre

Luis ne perdit pas de temps en de vaines suppositions. Il tourna la clef de contact, démarra en éraflant le pare-chocs de la voiture devant lui. La Porche avançait prudemment et il n'eut aucune peine à la rattraper et à lui filer au train. Après cinq minutes de conduite Luis comprit qu'elle prenait la direction du boulevard périphérique. Il se doutait où elle se rendait. Il en eut la confirmation quand elle sortit en direction d'Enghien-les-Bains.

La Porche se rangea sagement sur le parking. Luis gara la Clio plus loin et attendit que la femme pénètre dans l'établissement. Il resta un moment les mains sur le volant, dubitatif. C'était peut-être un piège que la police lui tendait. S'il mettait un pied là-dedans il était foutu.

Cette femme demeurait un mystère. Sa curiosité le titillait. Il avait peur mais la bête l'avait suffisamment motivé pour agir. Il sortit de la voiture, ferma les portières et rentra nonchalamment dans le bâtiment. Il passa tranquillement devant les gorilles qui gardaient l'entrée et prit l'ascenseur. Comme la première fois il fit le tour des machines, des tables de jeux et s'installa au bar. Le serveur était un autre et cela le rassura un peu. Il commanda un verre de vodka tout en cherchant du regard la conductrice mystérieuse. Plusieurs femmes étaient habillées avec une tenue blanche mais aucune ne lui ressemblait. Soudain il l'aperçut. A quelques mètres à peine. Elle était accompagnée d'un homme qui l'avait cachée partiellement mais elle s'était décalée et il pouvait l'observer à sa guise. Elle était juste en face de lui. De temps à autre, son regard glissait sur lui mais sans s'y arrêter. Le visage, le corps, l'attitude, la voix, les intonations, tout cela indiquait qu'il s'agissait bien de Monique. Il posa son verre sur le comptoir car sa main tremblait. Il s'essuya le front. Puis se ravisant Luis reprit son verre et se l'envoya cul-sec. La vodka le déchira et lui déclencha une secousse.

Étrangement, il eut la désagréable impression qu'elle l'avait reconnu malgré l'indifférence qu'elle affichait à son égard. Elle avait donc survécu et bizarrement elle n'avait rien dit. La gaffe qu'il venait de faire avait été de se manifester, songea-t-il. Si lui prenait l'envie d'appeler la sécurité, pour le faire arrêter illico, il était fichu. Mais rien de la sorte ne se passa. Il se rasséréna et préféra quitter le casino. En sécurité dans la voiture il tenta de comprendre le comportement de cette femme. Avait-elle peur qu'il revienne chez elle ? Avait-elle porté plainte ? Comment s'était-elle rétablie si vite ? Était-ce vraiment Monique ou bien sa réplique ? Il n'en savait rien. A force de vaines suppositions, il conclut que ce n'était pas la peine de se triturer les méninges. Il laissa tomber et il démarra. La soirée devait être décisive. Quand il était dans cet état il fonçait sans se soucier des limites à ne point franchir. La bête réchauffait son ventre. Ce soir il allait terminer le boulot. Cette salope allait cracher le morceau, rumina-t-il. Pourquoi n'avait-elle rien dit ?

J'étais un passager clandestin

Dehors, j'étais dehors... Enfin libre ! Soulagement, euphorie, appréhension se mélangeaient confusément. La rupture était accomplie. Comme disait l'oiseau c'était derrière moi. Je marchais longtemps au hasard. Je traînais la savate jusqu'aux alentours de midi. Sans aucun but. Ne sachant où aller, ni où me poser. Je commençais à ressentir une certaine lassitude et j'avais faim. A vingt ans rien ne vous coupe l'appétit.

Un restaurant affichait des photographies plastifiées de plats locaux. Je m'installai, mon barda sous une chaise. Je bus d'un trait ma première bière. J'en redemandai une autre avec un plat de paella. Rassasié, sous la tiédeur languissante du soleil qui tapait fort, malgré l'ombre de la tonnelle, un bout de phrase jaillit du fond de ma rêverie. C'était souvent le cas dès que je me mettais dans cet état. Je fouillai dans mon sac à la recherche du carnet pour capter l'idée. C'était l'heure de pointe pour les espagnols. Un brouhaha de rires, de discussions, d'embrassades, meublèrent l'ambiance. Je découvrais avec ravissement qu'il existait beaucoup d'êtres humains qui gravitaient autour de ma vie maigrichonne. A Marseille les gens étaient inconsistants. Ils faisaient partie d'un monde à part. Je réclamai un café, puis deux, pour encore profiter du moment. Ce restaurant d'un bleu méditerranéen, avec un plâtre labouré par le temps, des trous, des lézardes, ces posters de joueurs de foot déchirés, ces coupes couvertes de poussière sur une étagère, avec son comptoir et ces assiettes de tapas sans aucun souci d'hygiène, avec ce sol carrelé, cassé, couvert de sciure pour boire les verres renversés, ce paradis populaire, coloré, se gravait dans ma mémoire pour le restant de mon existence. Ce restaurant ou ce bar, difficile à dire sur le sol espagnol où l'on mangeait presque partout, était la première étape d'une vie qui naissait : la mienne.

C'était pour cette raison que je ne parvenais pas à me lever et à m'en aller. Un truc fondamental m'avait échappé.
Jamais je n'avais donné à aucun l'avantage de me connaître car mon organisation affective était totalement grippée. Les poèmes

que j'écrivais je ne les faisais lire à personne. Je n'avais pas d'amis non plus. Enfin, après avoir bu, une autre San Miguel, ivre, je quittai les lieux. Après m'être soulagé par un formidable rôt qui fit se retourner une vieille au dos rond qui trottait devant moi je me promis de remédier à cela.

J'avais eu le temps d'établir une ligne de conduite. Tenter de rejoindre mes copains à Londres m'avait effleuré. Mais c'était compliqué. Il y avait aussi l'Andalousie. Par contre l'Algérie me tentait. Malaga était un port et de nombreux bateaux y transitaient. Je n'avais que l'embarras du choix. Du moins le croyais-je.

Conforté par cette résolution, je pris le chemin du port. De Malaga je ne connaissais rien hormis l'hôtel de la veille, les « ramblas » ainsi que le quartier où j'avais tourné en rond avant de dénicher le restaurant. Quand je revins sur le lieu de mon exploit familial, j'eus un pincement au cœur. Dans un espagnol passable je me renseignai comment faire pour me procurer un billet. On m'indiqua un bâtiment. Des gars du bled attendaient patiemment sous le soleil accablant de cette fin d'après-midi. N'ayant d'autres choix, je pris moi aussi la file. Il y avait aussi quelques routards et des hippies. Marrakech n'était pas aussi loin que Katmandou. A cette époque on pouvait s'y éclater. Je n'avais jamais touché à la drogue. Mon éducation était un mur d'une fragilité extrême. En me sauvant de la sorte j'avais donné le premier coup de marteau. J'y étais allé de toutes mes forces. Le trou était fait. Il n'y avait plus qu'à l'agrandir pour que je puisse m'y faufiler.
Derrière moi d'autres arrivants vinrent grossir les rangs. Plus loin il y avait deux jeunes femmes. Une brune aux cheveux sagement noués en tresse et une belle rousse dont la chevelure flambait dans un feu d'anglaises désordonnées. Cette dernière était sublime et je me retournai plusieurs fois la dévorant du regard. La brune portait un jean et un tee-shirt gris déchiré sur le devant et qui laissait apparaître la peau bronzée d'un sein arrondi. L'autre, celle qui m'intéressait, portait un jean délavé transformé en short et qui dévoilait des jambes longuement caressées par le

soleil de la route. La brune était pieds nus. Sa copine était chaussée de sandales sans formes. Une paire de savates dont la mocheté et la saleté ne parvenait pas à ternir l'image qu'elle offrait. Les hommes les reluquaient. Cependant ces regards ne semblaient nullement les atteindre. A leurs pieds chacune avait déposé son sac à dos. Des sacs gris défraîchis qui avaient dû sacrément bourlinguer par le monde Ces deux nanas avaient l'air de ne pas avoir froid aux yeux et sortaient du lot. J'étais impressionné. A force de me tordre le cou dans leur direction la brune m'adressa un sourire charmant doublé d'un salut discret de la main. Je répondis en rougissant par un hochement de tête et, bêta, n'osai plus me retourner.

A ma montre cela faisait deux heures que j'attendais. Soudain la porte s'ouvrit. Je crus que le préposé allait, comme à chaque fois, laisser rentrer un groupe de personnes. Cette fois-ci j'étais si près que j'étais certain de pouvoir passer. Malheureusement je déchantai aussitôt. L'homme s'éventa avec sa belle casquette galonnée pour se donner de l'air. La chaleur était épouvantable. Puis il nous prévint abruptement que les bureaux fermaient. Nous n'avions plus qu'à revenir le lendemain. Les seuls qui rouspétèrent furent un couple d'anglais qui avait le nez sur la porte et moi-même, petit roquet, qui avait échappé à sa mémère et qui se croyait déjà capable de mordre. La file ensuite se dilua dans le parking. Mon regard se porta sur les filles qui n'avaient pas bougé. Elles parlaient tranquillement. La brune me fit un autre signe. Cette fois-ci je ne pouvais plus reculer. Mettant ma timidité dans ma poche je m'approchai. Elles étaient françaises et curieuses de savoir qui j'étais vraiment. Mon accoutrement les intriguait. Avec ma minceur maladive, mes membres de freluquet, mon visage allongé, ma pâleur, mon allure juvénile, avec l'air d'être un habitant tombé de la lune, avec mon style de bonne famille avec mon polo Lacoste jaune paille, mon jean neuf et mes espadrilles propres, je faisais à peine seize ans. On fit connaissance. De la façon qu'ont les gens qui se rencontrent en un pays étranger, qui parlent la même langue et qui sont confrontés au même problème. Le nôtre étant de prendre un bateau ou de trouver un lieu pour passer la nuit.

Elles étaient toutes les deux enseignantes. La rousse dans un lycée d'Angoulême et sa copine à Saint Denis. Elles s'étaient rencontrées à Copenhague et avaient le même goût pour les voyages. A les entendre parler ainsi je compris que ces belles amazones n'avaient peur de rien. Elles avaient fait l'Europe en auto-stop, l'Inde, une partie de l'Asie et l'Amérique du sud. La trentaine environ, elles étaient célibataires et profitaient au maximum de leurs congés scolaires à rallonge. Ce n'était pas aussi la première fois qu'elles se trouvaient dans une situation analogue. La rousse se nommait Sandra. Elle m'expliqua :
- On va donner quelques billets au préposé de la passerelle au moment de l'embarquement. Nous l'avons déjà fait une fois et en principe cela marche toujours.

Je demeurai bouché bée. Transgresser des règles était au-dessus de mon éducation. Je ne l'avais jamais fait. Cette idée me rendit mal-à-l'aise. Cependant pour ne pas ressembler à un poltron, je fis le fanfaron et je demandai :
- Je peux vous accompagner ?

Sandra acquiesça d'un signe de la tête.
- Bien sûr !

Seulement la brune, qui répondait au prénom de Stéphanie, précisa toutefois :
- Oui ! Mais il vaudrait mieux que nous passions avant et qu'il tente sa chance après nous. Tu sais bien que ça fonctionne parce que nous sommes jeunes et jolies, pouffa-t-elle bêtement. Elle rajouta :
- Je ne suis pas certaine qu'avec lui à la remorque on puisse passer.

Sandra se rendit à l'évidence et dit :
- Je crois qu'elle a raison.

Ne voulant pas être un poids, je répondis avec aplomb :
- Ne vous en faites pas pour moi. J'ai l'habitude !

Elles me dévisagèrent une seconde de trop mais elles eurent la gentillesse de ne point se moquer de mes airs de Tartarin.

Les quais étaient éloignés mais sans hésitation les voyageuses en prirent la direction. A cet instant précis j'eus alors la vision soudaine et romanesque du poète voyageant à la manière d'un Rimbaud. Malgré la fatigue et la corde du sac qui me sciait l'épaule cette rapide vision me donna l'élan nécessaire pour les rattraper. J'étais ravi de m'accrocher à leurs basques. Je les suivis aveuglément sans me poser de questions. Il faisait chaud et je transpirais. L'excitation qui m'avait porté était partie. Les filles par contre avaient le feu aux fesses. J'avais du mal à les suivre. Nous atteignîmes toutefois le quai où était accosté un énorme ferry. L'embarquement des véhicules était terminé et les passagers à pieds attendaient au bas de la passerelle que le signal soit donné pour monter à bord. Sandra me montra le type en haut sur le pont qui attendait :

- C'est lui ! Tu attendras que l'on soit passées. Seul tu auras plus de chance. Stéphanie a raison. Si nous montons ensemble c'est fichu. Le type veut bien palper de l'argent mais il est surveillé par l'officier de pont. Tout le monde est au courant de ces pratiques mais cela doit rester discret.

Là-haut la barrière s'ouvrit et les premiers, billets à la main, montèrent sur la passerelle. Les douaniers avaient jeté un œil nonchalant sur les passeports. J'avais repéré plusieurs gars qui avaient sorti de leur poche quelques billets de banques. Nous n'étions pas les seuls et cela me conforta un peu.

Un maghrébin soudain se mit à crier et redescendit aussitôt de la passerelle. Il avait été refoulé. De toute évidence le type de la passerelle n'avait pas voulu de son argent. Quand il se trouva à notre niveau il parla en arabe à ceux de la file et partit furieux. Quelques hommes sortirent des rangs et lui emboîtèrent le pas. Je fus sur le point de faire pareil mais, soudain, au sein d'une poignée de pigeons qui se dandinait devant nous, j'aperçus un goéland de petite taille. C'était mon piaf. Quelque chose me le certifiait. Interloqué j'entendis sa voix si particulière résonner par télépathie :

- Salut mon gars ! Je suis pressé aujourd'hui. Mais j'ai une information qui va t'intéresser. L'homme de la passerelle est de mauvaise humeur. Le galonné en casquette blanche le tient dans son collimateur. Les filles vont passer. Car elles sont mignonnes et il va prendre le risque. D'autant qu'il a l'intention d'essayer de s'en taper une en lui faisant du chantage durant la traversée. Mais je te rassure, tes copines connaissent bien la musique. Elles ne rechignent pas à jouer du pipeau pour éviter de payer.

Chaque fois les interventions du volatile mettaient à mal ma logique cartésienne qui rendait impossible toute conversation entre un humain et un oiseau. Il s'énerva :
- Hé ! Le blaireau je te cause !
- Oui ! Oui ! répondis-je à voix haute. Le bonhomme à côté de moi se retourna croyant que je lui parlais. Je bredouillai une excuse inaudible et je fis l'effort de me concentrer pour que le piaf saisisse ma réponse.
- Ah tu vois quand tu veux. La télépathie ça marche. Si tu avais un chien tu le saurais et tu ne serais pas étonné. Bon qu'est-ce que je disais ?
- Le gars est de mauvais poil.
- Ah oui ! Écoute fils ! Les deux suceuses vont passer. C'est sûr ! Mais toi il va te repousser.
- Comment tu le sais ?
- Je le sais… C'est tout ! Alors voilà mon troisième conseil. Bouscule-le et force là-haut le passage. Galope sur le pont et va t'enfermer dans les chiottes jusqu'à ce que le bateau s'en aille.
- T'es pas bien l'oiseau ! Ils vont me poursuivre…
- Mais non ! Observe bien... Le gars est seul au sommet de la passerelle. S'il te poursuit les mecs qui attendent derrière vont s'engouffrer sur le pont. Il ne pourra pas quitter son poste. Il optera au plus urgent et te laissera filer. L'officier est plus haut sur le troisième pont. Même s'il te voit, et ce n'est pas sûr, il n'aura pas le temps de t'attraper. Et il y a des centaines de gens sur ce bateau. Enfonce bien ta casquette sur les yeux. Il y a tellement de jeunes qui te ressemblent qu'ils ne te retrouveront pas... Allez ! Et rendez-vous de l'autre côté. Je dois partir.
- Eh attends ! Attends !
- Non désolé je dois te quitter. Salut !

Les pigeons s'envolèrent avec l'oiseau. Bizarrement j'eus le sentiment qu'ils l'escortaient. « Il a des gardes du corps », me dis-je, étonné, avant de me retrouver seul face à mon destin. A vrai dire je n'en menais pas large. Je laissai passer une famille avec quatre mouflets qui n'en pouvaient plus d'attendre. La mère tenait les billets dans une main et le petit dernier dans l'autre. Sandra et Stéphanie étaient passées sans problème et elles avaient disparu dans la foule. Enfin quand la famille eut dégagé la place, que les marmots purent s'égayer en hurlant parmi les passagers, je tendis d'une main tremblante les billets que je brandissais dans ma main moite de sueur.

- No ! No ! Abajo hombrecito de mierda…

Je fis donc ce que l'oiseau m'avait dit. Pour faire des conneries il suffit d'avoir l'absolution d'un mentor. Les voyous obéissent au chef de la bande. Les militaires tirent sur la foule si l'officier ordonne de faire feu. Les pompiers se jettent dans les flammes sur un signe de leur capitaine. Les faibles obéissent au fort en gueule. C'était plus facile de me dire que ce n'était pas de mon propre chef que je faisais ça. Je ne me sentais pas responsable. J'obéissais à une volonté supérieure. Alors, soudainement, je rentrai la tête dans les épaules, je pivotai sur le côté et bousculai l'homme. Celui-ci tituba et s'accrocha à la rambarde. Profitant de l'effet de surprise, je m'esquivai et pris mes jambes à mon cou en bousculant plusieurs passagers accoudés au bastingage. Comme un fou je m'enfonçai dans le bateau. C'était un vrai labyrinthe. J'aperçus un escalier et le descendis quatre à quatre. Un hall et plusieurs enfilades de couloirs me firent hésiter. Par réflexe je tournai à droite. Puis me ravisant aussitôt, je partis en sens inverse. J'étais si pressé que je faillis rater la porte des toilettes. Je m'y enfermai à double tour. Je n'en pouvais plus et m'écroulai sur la cuvette. Il y avait un robinet avec un embout en plastique. J'avais soif mais je m'abstins de boire.

J'attendis une demi-heure que le ferry largue les amarres. Je craignais que l'on vienne tambouriner à la porte. Heureusement ce fut mon jour de chance. Aucune pisseuse, aucun chieur, ne vinrent me déloger.

Puis les parois se mirent à trembler sous la poussée des pistons. L'énorme hélice, dans un remous à faire remonter la crasse du port, fit pivoter cette ville flottante. Énergiquement la sirène retentit plusieurs fois. J'avais réussi mais encore fallait-il éviter de me faire coincer durant la traversée pour ne pas finir à fond de cale. J'attendis patiemment encore un peu avant de sortir. Soudain une évidence m'assaillit. J'avais oublié de demander aux filles où elles se rendaient. Pour résumer la situation, j'étais un passager clandestin pour une destination inconnue. L'oiseau allait se moquer !

Les vêtements tombèrent sur le sol

Tout en conduisant Luis s'égara dans les arcanes de son cerveau malade. Il gara la Clio dans une rue proche de la rue Piat et s'en fut rapidement jusqu'à la résidence. Comme à l'ordinaire le quartier était calme. Le sosie de Monique était au casino. Il ne risquait pas d'être dérangé. Il sortit la clef qu'il avait conservée et ouvrit la porte d'entrée. Le garage était vide. Il monta dans l'ascenseur et appuya sur le bouton. Au cinquième il poussa la porte précautionneusement et s'avança dans le couloir, les sens aux aguets. Il n'était pas certain qu'il n'y ait personne d'autre. Il tendit l'oreille mais il était seul. Il transpirait et s'essuya le visage avec un mouchoir en papier. Il traversa le séjour et se rendit sur la terrasse. La cuisine d'été était restée allumée. Il chercha à boire et fut surpris de ne point y trouver les bouteilles d'alcool qu'il avait vu la dernière fois. Il n'y avait pas grand-chose hormis du Coca-cola et des eaux gazeuses. Une bonne bière fraîche aurait été la bienvenue. Il referma brutalement le frigo sur le coup de sa déconvenue. Il fureta un peu partout sans rien oser déranger. Puis à contrecœur il retourna sur la terrasse et s'empara d'une canette de Coca-cola. Dans la partie sombre de la terrasse, il un avait un large fauteuil en osier. Il s'y installa et dégusta son verre en guettant le moindre bruit. Il faisait bon.

Il se faisait tard. A la longue il finit par s'assoupir. Il ronfla légèrement puis se réveilla brusquement en sursaut. Perplexe, il se redressa et consulta sa montre. Il était trois heures du matin. La cuisine d'été était maintenant éteinte. Il se leva lourdement. La porte vitrée coulissante séparant la terrasse du salon était fermée. L'occupante des lieux était rentrée et par le plus grand des hasards elle ne s'était pas aperçue de sa présence. Luis n'avait rien entendu. Le fauteuil était installé de l'autre côté de la piscine, dos à la cuisine d'été, et dans l'obscurité. Elle avait éteint la lumière puis refermé la porte. Il avait eu de la veine.

La femme aurait pu appeler les flics pendant qu'il dormait, se reprocha-t-il. Maintenant il était réveillé. La colère monta. La bête n'avait pas attendu si longtemps pour repartir bredouille. A pas de fauve, il pénétra alors dans la maison, et se dirigea vers l'escalier.

L'appartement dormait dans un silence de plomb. Le mari de Monique avait été un architecte consciencieux. L'isolation était parfaite. Aucun son ne parvenait du dehors. Luis se félicita de l'absence d'un plancher en bois qui aurait pu craquer sous son poids. Le couloir était carrelé. Cependant le couinement de ses chaussures trahit malgré tout sa présence. Immobilisé par cette constatation il cessa d'avancer. Il ôta ses chaussures puis ses chaussettes. La froidure du carrelage le saisit soudain. Mais la bête suffoquait à l'intérieur de lui-même. Elle lui ordonna de se dévêtir. Contrairement à Luis elle n'était pas venue pour causer avec cette femme. Peu importait qui elle était. Dans l'instant elle prit les commandes de l'opération. Elle était là pour le sexe et pour le sang. Cette soif de meurtre étant plus puissante, plus ancienne, plus destructrice. La bête exultait, au paroxysme de sa démence, aveuglée par son désir fou. Longtemps la lâcheté de son hôte l'avait privée de cette jouissance. Aussi cette nuit elle remettait les pendules à l'heure.

Les vêtements tombèrent sur le sol. Nu, le sexe en avant, un cutter à la place du couteau, les traits masqués par sa cagoule, Luis tourna la poignée de la porte. Il entra dans la chambre.

Les volets étaient baissés. La pièce baignait dans l'obscurité. Luis distingua vaguement la forme du lit et la table de nuit sur laquelle divers objets étaient rangés. La respiration de la femme se superposait à la sienne. La tension était extrême. Il déglutit plusieurs fois à la suite. Son excitation était à la limite du soutenable. Dans la main gauche il serrait son cutter, la lame sortie sur trois centimètres. De l'autre il se caressait furtivement le sexe pour conforter sa détermination. Puis il chercha à tâtons l'interrupteur du plafonnier. Le doigt sur le bouton il resta ainsi presque une minute. Il pouvait encore reculer et faire demi-tour. Mais la bête ne l'entendait pas de cette oreille. Vas-y ! soufflait-t-elle. Il appuya et la lumière écrasa la pièce de son agressivité blanche. Il cligna des yeux et avança jusqu'au pied du lit. La femme brusquement se réveilla, se redressa en poussant un cri rauque, à moitié étouffé par la peur.

D'un mouvement brusque elle repoussa le drap en satin ivoire, dans un premier réflexe, pour tenter de s'échapper. Mais au-delà de ce geste futile elle fut incapable de sortir du lit. Les yeux agrandis de stupeur, elle fixait, sans émettre une parole, cet homme nu, campé tel un diable cornu, sorti par magie du plus terrible des cauchemars.

Luis la reconnut. C'était bien Monique. Or c'était inacceptable. Elle était restée trop longtemps la tête dans l'eau pour être encore vivante. Il en était sûr.

- Qui es-tu ? demanda-t-il d'une voix rauque.
- Mo. Monique ! balbutia-t-elle.
- Non ! Monique est morte.

Il avait dit cela sur un tel ton qu'il ne s'était pas rendu compte qu'ainsi il se trahissait. Effectivement la femme comprit alors à qui elle avait à faire. Cela ne la rassura pas mais elle trouva l'énergie de parler, de se défendre.

- Tu croyais m'avoir tuée, n'est-ce pas ? Tu t'es foutu dedans. J'ai survécu. Quand tu es parti j'ai réussi à sortir de la piscine.
- Ce n'est possible.
- Oui ! J'ai eu de la chance. La lame n'a rien touché de vital.
- J'ai enfoncé le couteau. Le sang coulait beaucoup, appuya-t-il, la scène encore imprimée dans ses pupilles dilatées.

La femme se leva et Luis n'esquissa aucun geste. Il lâcha le cutter qui fit un bruit mou en tombant sur le tapis sur lequel il se trouvait. L'excitation qui le tenait s'effaça d'un coup.

- J'ai un ami toubib qui est venu me recoudre. Il m'a fait une piqûre et je lui ai demandé de la boucler. Je ne voulais pas que les flics se mêlent de cette histoire. Tu peux enlever ta cagoule. Tu as l'air d'un con à poil avec ça sur la tronche !

Elle avait prononcé le mot flic sur un ton méprisant.

- T'es ressuscitée d'entre les morts ?
- Oh ! On dirait que ça t'en bouche un coin !

La bête était surprise mais elle se reprit assez vite et poussa Luis à dire la réplique suivante :

- Peu importe après tout qui tu es ! Tu n'es qu'une salope et tu vas payer.

La femme était campée devant lui. Elle portait un pyjama de soie avec des fils dorés brodés dans des entrelacs asiatiques. Le temps figea la scène.
Elle, avec sa veste de pyjama ouverte sur des seins arrogants.
Lui, avec la peau chargée d'une mauvaise transpiration.
Toujours masqué, le sexe revenu conquérant, bras ballants, sa main remuait comme une araignée prise au piège, les doigts se souvenant qu'ils avaient lâché le cutter. Face à face ils se jaugèrent un instant. Soudain Luis enleva sa cagoule. Elle l'avait reconnu, se dit-il. Maintenant cela était égal.
- A la bonne heure, mon mignon ! C'est mieux comme ça ? Tiens regarde ! Moi aussi je me déloque.
Elle enleva sa veste et fit glisser son pantalon de pyjama puis s'avança vers lui. Elle ajouta :
- Puisque on est à poil tous les deux, si on baisait ?

C'était la porte de sortie. La seule qu'elle pensait avoir pour amadouer le fauve. Mais la bête n'apprécia pas ce renversement de rôle. Elle asticota cet idiot de Luis qui débandait à nouveau. Il était incapable d'avoir du désir autrement que dans la peur, la soumission. La femme prenait l'initiative. Il savait que jamais elle ne parviendrait à le mettre raide de cette façon. Il chercha refuge dans le bas de son ventre, ouvrit pour de bon la porte à la bête. Ne cherchant plus à lutter, ni même à comprendre, il s'abandonna :
- Connasse ! Sale connasse !

Comme la première fois la gifle fut foudroyante. Elle vacilla et elle en prit une seconde. Sous le choc elle tomba en arrière et fracassa la lampe de chevet qui se trouvait sur la table de nuit. Luis, la bête plutôt, se déchaîna. Il la prit par les cheveux et la tira hors de la chambre. Elle hurla, tenta de se relever. La force de l'homme était décuplée par la rage, par l'impression de puissance phénoménale qui soudain le dominait entièrement. Il la traîna dans l'escalier, la fit dégringoler marche par marche. Puis, il l'abandonna sur le sol du couloir. Pour reprendre son souffle et aussi pour profiter du spectacle. Se repaître de cette femme, désarticulée, gémissante, semi-inconsciente, le visage éclaté et souillé de sang. Il éructa :

- Salope ! Tu voulais baiser ! Et bien on va y aller.

Il l'obligea à se relever et la poussa vers la cuisine. Il y avait encore des restes de nourriture sur la table. D'un revers du bras il fit voler l'assiette qui s'y trouvait. Elle se fracassa contre le frigidaire. Dans sa fureur aveugle il ne se souciait pas du bruit occasionné. La femme ouvrait la bouche puis la refermait. Elle ne pouvait ni parler, ni crier, en proie à une terreur irréversible. Sans résistance, elle était une poupée de chiffon. Brutalement, il la retourna et il la plaqua contre la table. Se saisissant d'une bouteille d'huile il la déversa sur ses reins. Il s'excita sur la peau glissante, haletant comme un forcené, puis il la sodomisa. Elle hurla. Alors, davantage pour le plaisir que pour la faire taire, il enserra sa gorge et l'étrangla. La bête ordonnait de se retenir, de ne jouir qu'à l'instant sublime, lorsque le dernier râle de Monique lui prouverait qu'elle était enfin morte.

Quand elle eut cessé de bouger il se dégagea et regarda le corps glisser doucement sur le sol. Par terre l'huile avait fini de se répandre dans une mare gluante, visqueuse, qui s'étalait autour de la bouteille fracassée. Il s'agenouilla et appliqua son oreille contre le ventre de sa victime. Il voulait être sûr que tout était fini. Puis sa démence le reprenant, il remonta récupérer le cutter et redescendit précipitamment. Il s'agenouilla, étala le corps, puis d'un geste avide, pressé, il appuya la lame du cutter sur le ventre. Il n'y avait aucune cicatrice. Nulle trace d'une blessure récente. Mais il y prêta peu d'attention.

- Fantôme ! Sale putain de fantôme !

Il poussa la lame au-dessus du nombril. Captivé, il observa le sang qui s'écoula lentement sur le flanc du corps en un filet épais. Le petit ruisseau devint rivière. Le sang se répandit, se mélangea à la flaque d'huile. Les muscles tendus, vautré dans cet ignoble décor, tel un porc dans le purin, Luis se masturba en lacérant le corps de la malheureuse. Quand il eut fini, qu'il eut éjaculé sur le cadavre, tel un somnambule, il quitta la cuisine sans un seul regard pour sa victime. Elle n'était plus qu'un tas sanguinolent, maculé de sang, d'huile et de sperme. Il savait qu'il devait nettoyer mais cette fois-ci il s'en fichait. Il roula Monique dans la nappe en plastique qui couvrait la table de la cuisine et la traîna jusqu'à l'ascenseur. Dans le garage il la tira jusqu'à la voiture. Il enleva le corps de la nappe remplie de sang et, avec difficulté, parvint à le hisser à l'arrière de la Porche en faisant attention de ne pas tâcher le ciment du sol. Il roula ensuite la nappe sous la voiture et se saisit d'une vieille couverture qui traînait sur une étagère pour cacher le cadavre. Un trousseau de clefs comprenant celles de la voiture et du garage était posé sur le tableau de bord. Il le prit, ferma à clef la voiture comme s'il avait peur que sa victime ne s'échappe encore. Il regarda un moment sa main puis s'en alla prendre une douche dans une salle de bain. Plus tard il quitta la maison en emportant les clefs. La bête était repue.

Luis était maintenant mal dans sa peau, comme toujours, en prise avec sa désespérance morbide, avec sa rancœur envers la société et envers lui-même. Il avait oublié qu'il était venu avec une voiture et rentra à pied. A l'aube il retourna la chercher.

Dans le noir on est seul

Je me rendis dans le salon à l'avant du bateau. Il était bondé. Soudain je distinguai une casquette d'uniforme posée sur le visage buriné d'un marin à haute stature, et tournai vivement le dos, un tantinet méfiant.

Je repris confiance et j'allai vers la proue. Des dauphins nous escortaient et jouaient avec l'étrave dans un bouquet d'écume. Les exclamations des enfants et les commentaires des adultes fusaient joyeusement. Je m'imaginai alors, moi aussi, ondulant dans l'onde profonde, plongeant sous la quille, propulsé par les torsions de mon corps, mi-homme, mi-poisson. Un adolescent me bouscula et je revins progressivement à la réalité. Cherchant un échappatoire je me réfugiai sur des cordages que j'escaladai. Dominant ce parterre de passagers, j'étais comme sur une île. De ce poste d'observation d'où j'apercevais la mer et l'horizon je pouvais surveiller les casquettes galonnées et replonger dans ma rêverie.

Nous étions seuls de ce côté de la mer. Pas l'ombre d'une voile ni même un seul trait de fumée ! Le temps passa. J'avais soif. Je commençais à ressentir la chaleur. Soudain une voix que je connaissais que trop bien m'extirpa de ma léthargie.
- Alors on rêvasse !

L'oiseau. Il était encore là. Juché sur le panneau en fer d'une écoutille, à quelques mètres à peine. Il avait le même aspect que sur le port. J'avais perçu sa pensée et cela m'avait ramené à la réalité. Il vola jusqu'à mon épaule, où il se posa. Je sentis qu'il me becquetait l'oreille.
- Hé ! Tu me fais mal saloperie d'oiseau…
- Excuse-moi. C'était affectueux.
- Ce genre de baiser tu peux te le garder !

La discussion s'engageait tendue. Le volatile m'avait dérangé et je n'aimais pas. En outre je me méfiais car il n'était jamais là par

hasard.
- Alors ! C'est quoi cette fois-ci ?
- Justement… ce n'est rien. Je suis venu te tenir compagnie.
- Je n'ai pas besoin de compagnie.
- Je sais ! C'est ça ton problème.
- Mon problème ? Je n'ai pas de problème.
- Arrête ! Tu en as plein et tu le sais... Le premier c'est que tu n'aimes pas te mélanger aux autres. Tu aimes trop la solitude et à ton âge ce n'est pas bon.
- Pourquoi il y a un âge pour la solitude ?
- Non ! Mais en principe avant de s'y enfoncer il est bon de vivre.
- Cela veut dire quoi ?
- Ne brûle pas les étapes. Profite de ta jeunesse. Va vers les autres et enivre-toi dès que le soleil se couche.
- Tu veux que je boive ?
- Idiot ! C'est une façon de te dire de t'amuser, de jouir de la vie. L'été les nuits sont longues. Évite de dormir. Tape-toi des filles. Bois jusqu'à plus soif !
- Tu vois ! C'est plus fort que toi… Tu es encore en train de me donner des conseils à la con. Et si je n'ai pas envie de faire comme les jeunes de mon âge ? A quoi ça sert de se bourrer la gueule et de baiser à tout va ? Tu crois que l'on se sent moins seul. A mon avis c'est pire...
- Tu me désespères l'ami !

L'oiseau changea de place. Il vint se mettre sur mon genou. Il me dit :
- Et la fille ?
- Quelle fille ?
- La rousse super sexy.
- Je ne sais pas où elle est et je m'en fiche.
- C'est ça ton problème. Cette fille te plaît, c'est évident… Au lieu de la rechercher tu préfères rester là comme un pauvre malheureux
- Ce que tu es abruti ! lâchai-je piqué au vif.

Il avait raison. Je bougeai ma jambe pour l'obliger à foutre le camp. Il voleta, tourna en rond au-dessus de moi, et se jucha sur les cordes. Il continua sans pitié :

- Tu fais toujours la gueule. A peine sais-tu sourire. Quand as-tu ri pour la dernière fois, à ne plus pouvoir respirer ?

- Au cinéma. Avec de Funès…

- Hypocrite. Dans le noir d'une salle, encore seul. Tu n'as rien partagé avec les autres.

- La salle était comble.

- Oui mais dans le noir on est seul.

Cet oiseau avait un raisonnement bizarre. Les petits yeux noirs me pointèrent. Il mit un certain temps pour me répondre.

- Bon ! Je te laisse. A plus tard.

Cela m'énerva d'entendre ces banalités sorties tout droit du bec de cet oiseau de malheur. Ce discours, digne du célèbre « carpe diem » d'Horace me parût d'une platitude incroyable. J'aimais rester seul et je ne savais pas pourquoi. Je n'avais pas envie de m'amuser. C'était pourtant simple à comprendre non ? répétai-je vivement, tandis que l'oiseau s'envolait gaillardement par dessus les flots. Puis très vite je ne le vis plus.

Je fixai l'horizon et retournai dans mes pensées.

Je me baladai sur le bateau à la recherche de Sandra mais nos chemins ne se rencontrèrent plus. Soudain, alors que la nuit nous recouvrait, une rumeur se répandit : la terre enfin... Des lumières scintillaient à l'horizon. La coque vibra. Le bateau virait de bord.

Une ville grandissait. Une ville de lumières sur un fond de nuit. Une ambiance gaie se répandit sur le pont comme une traînée de poudre. Dans la foule livrée à son émotion, l'excitation et la joie de l'arrivée s'étalaient sur les visages.

En prêtant l'oreille j'entendis prononcer le nom de « Melilla ». Cela devait être le nom de la ville et je m'en contentais. Les deux jolies baroudeuses n'avaient pas réapparu. A l'évidence je devais continuer seul mon voyage.

Le débarquement ne posa aucun problème.

Il faisait doux. Toutefois une légère brise venant du large me fit frissonner. La tension éprouvée lors de cette traversée inédite avait disparu. J'étais épuisé. Sur le quai la foule grouillait. Les gens discutaient, s'étreignaient, heureux d'être ensemble. Des familles, des jeunes, des vieux, tous à la recherche d'un taxi ou d'un moyen de locomotion. Des voitures bloquées klaxonnaient pour se frayer un passage dans la cohue. Des autocars délabrés se remplissaient rapidement. Des bagages s'amoncelaient sur leurs toits. Tout ce bruit dans cette nuit chaude autour de moi, immobile, sur le quai, seul dans un coin, regardant cette folie qui m'embrouillait l'esprit. Je ne savais pas où aller alors qu'il n'y avait qu'un chemin. Remonter le quai et suivre l'unique rue qui sortait du port. Direction le centre-ville. Avec des semelles de plomb je parvins à faire un pas. Devant moi, trois jeunes donzelles tirées à quatre épingles, parlaient dans un espagnol de feuilleton.

Je leur adressai la parole avec mon charabia scolaire et j'en appris davantage sur ma destination surprise. La ville, malgré sa position sur le sol marocain, était espagnole mais autonome. Elle se situait dans la province de Nador, dans le Rif oriental. L'armée surveillait la frontière. Melilla était un port franc. Mes nouvelles connaissances m'annoncèrent aussi qu'une épidémie de choléra sévissait et que toute la population devait se faire vacciner. Il se faisait tard. J'abandonnai les filles et me mis en quête d'un hôtel qu'elles m'avaient indiqué.

Je le trouvai sans trop de mal. C'était un immeuble crasseux dans une ruelle sombre. Une enseigne clignotait diffusant une lueur rouge et jaune. J'étais méfiant. Cette maison malgré son aspect sordide était tenue par un vieil anglais. Les routards y faisaient étape. Une affiche indiquait que c'était « open ». Le prenant sur moi, je poussai la porte.

Il n'y avait personne. J'attendis que quelqu'un se manifeste en observant l'endroit. Un meuble en bois avec des casiers trônait derrière le comptoir. Les murs étaient couverts d'un tissu épouvantable de saleté. Une ampoule au plafond procurait une clarté qui accentuait la désolation du lieu. Des fauteuils coloniaux en cuir rapiécé entouraient une table où des revues étaient empilées. Un cendrier sur pied était rempli de mégots et dégageait une odeur nauséabonde. La moquette était à l'unisson du décor. Soudain j'entendis des bruits de pas dans l'escalier. Un homme en descendait. Quand il me vit aucune partie de son visage de pirate ne cilla. A peine eut-il un hochement de tête pour signaler que je n'étais pas invisible. Intimidé, je m'enquis de la possibilité d'une chambre et fus soulagé de l'entendre me dire oui. Il réclama mon passeport, y jeta un œil, me jaugea de ses yeux froids puis me le tendit sans un mot. Il me donna une clef et me réclama le prix de la chambre. Il prit les billets, les rangea dans la poche de son futal crasseux et repartit à l'étage. L'homme avait prononcé un grognement dont j'eus la bonne conscience de penser que c'était sans doute de l'anglais. Son ventre bedonnant était tâché d'auréoles brunes. A mon avis il était saoul. Mais peu importait ! J'avais une chambre et j'étais crevé.

Je me réveillai tard. C'était le quinze août 1971... L'hôtel était silencieux. Après m'être débarbouillé au robinet du lavabo, je descendis. Comme la veille il n'y avait personne à la réception. Presque toutes les clefs étaient à leur place. Je passai derrière le comptoir pour accrocher la mienne. Puis je sortis affronter le dehors. Le voyage continuait.

A la sortie de la ville la route était coupée par une enfilade de barbelés. L'armée avait établi un barrage. Une longue file de gens s'était constituée. J'avais oublié ce détail. L'épidémie de choléra. Sous le soleil qui plombait, et malgré ma contrariété, je pris place. J'attendis deux bonnes heures avant de me retrouver face à un infirmier militaire. Un grand black qui m'empoigna sans ménagement l'avant-bras. Il me piqua avec une aiguille douteuse. Soulagé, j'oubliai aussitôt ce désagrément et filai sans demander mon reste.

J'avais soif et regrettai amèrement mon imprévoyance stupide. J'étais passé devant plusieurs épiceries mais je n'avais pas eu l'intelligence de me fournir en eau et provisions. Passé midi je parvenais enfin à la frontière. Un baraquement qui abritait la douane. Il n'y avait personne.

La barrière était baissée. Derrière c'était la route qui s'enfonçait dans un paysage brûlé. Face à l'inconnu de cette nature désolée je fus pris soudain d'un doute. Mon périple s'engageait mal. Devant le manque d'organisation évident dont je faisais preuve je pouvais encore faire demi-tour. J'avais lu le roman célèbre « la route » de Kerouac, et le souvenir de ce romancier déjanté qui avait traversé les États-Unis dans les années cinquante me décomplexa.

Je présentai mon passeport à un douanier qui s'abritait de la chaleur à l'intérieur du poste et qui le feuilleta attentivement. D'un geste nonchalant il me fit signe de passer. Je ressortis et me mis à marcher courageusement le long du bitume. J'avais compris, vu le peu de voitures qui passaient, que le stop ne marcherait pas.

Plus loin je tombai sur un arrêt d'autobus. J'essayais de me soustraire à la brûlure du soleil en abritant mon visage dans l'ombre de la pancarte qui affichait en lettres fanées « Oujda », sans indication kilométrique. Une antique voiture américaine recyclée en taxi, chargée de colis sur le toit passa devant moi. Bientôt la soif se manifesta mais je restais stoïque. Il n'y avait rien sur la route. Plus tard un convoi militaire se pointa. Des vieux camions chargés de poussière. Des soldats de tous âge au regard atone y étaient entassés. Entre leurs genoux j'entrevis des fusils.

Puis ce fus le retour du silence avec l'odeur du goudron, la chaleur et les mouches. A une centaine de mètres un homme surgit de nulle part. Sa chemise blanche flottait autour de sa silhouette malingre. Il m'observait. Nous étions seuls sur cette putain de route, à crever dans le souffle du Chergui. Gêné par le sans-gêne du type je détournai la tête et fixai un point au loin en espérant voir apparaître le bus.

Je m'abîmais doucement dans ma rêverie, les yeux plissés car j'avais perdu mes lunettes de soleil dans la bousculade du bateau. Soudain la voix du type que j'avais oublié me ramena à la réalité. Je ne l'avais pas entendu arriver.

- Holà ! me dit-il.

Je fis volte-face. Le visage bronzé, souriant, d'un homme guère plus âgé que moi, les cheveux bruns, les yeux clairs, les joues

creusées, une barbe naissante de voyou, des dents impeccables, il me demanda avec un accent espagnol :
- Tu es français ?

Je me rebiffai et répondis du tac au tac :
- Et toi tu es espagnol ?
- Si, dit-il en traînant sa réponse dans une haleine alcoolisée.

Instinctivement je reculai pour le maintenir à distance. Il garda son sourire. Je ne répondis point, me contentant de l'observer avec insistance. L'inconnu détourna le regard et jeta un mégot qu'il tenait entre ses doigts jaunis. Il fit mine de s'intéresser à ses pieds. Il était chaussé de vernis pointus, gris de saleté.
- Le bus n'est pas à l'heure… Mais il ne devrait pas tarder.

Je décidai de remettre les pendules à l'heure. Je le vouvoyai :
- Vous le prenez, vous aussi ?
- Je voudrais bien mais je suis à sec.

Je fis mine de ne pas comprendre. Il poursuivit :
- Je veux dire que je n'ai pas d'argent !
- Effectivement c'est gênant !

Sur la défensive je subodorai la finalité de cet échange verbal. Ce type ne m'avait pas rejoint pour rien. Il aurait pu attendre le bus sans pour autant engager la conversation, comme le font des millions de gens de par le monde. Il était évident qu'il voulait me taper d'un billet et ma réponse était déjà prête. Ma mine renfrognée laissait augurer de mon état d'esprit. Le gus prit le temps de sa réponse. Il se fouilla soudain à la recherche de cigarettes. Il extirpa la dernière et jeta le paquet sur le sol qu'il avait froissé au passage d'une main nerveuse.
- Je suis riche ! Je pourrais te rembourser. Je suis ingénieur et j'habite une très belle villa à Oujda.

Il avait rajouté ça très vite pour me convaincre. Il craignait sans doute l'arrivée inopinée du bus. Comme je ne fis que hausser les sourcils il ajouta comme un argument décisif :

- J'ai acheté une Mercedes 280. Le modèle gris métallisé décapotable.

Puis l'autocar se profila au loin. Quand le bus stoppa à notre hauteur, le type m'accrocha le bras et me supplia :
- Por favor… amigo !
Le prix était à ma portée. J'avais sur moi une liasse de dirhams que je tenais de mon voyage précédent. Je me laissai fléchir. Je pris deux places et nous nous retrouvâmes derrière le chauffeur. La chaleur était à crever. Coincé à côté de l'inconnu je n'avais plus qu'à écouter son histoire.

Il se nommait Juan. Il avait accompagné sa femme et ses deux gosses à Tanger quelques jours auparavant. Ils avaient fait le voyage en bus. Puis il avait mis sa famille dans le bateau. Tous les ans son épouse retournait au pays durant l'été. Un pueblo dans la région de Grenade. Lui profitait d'être à Tanger pour faire la fiesta avant de retourner à Oujda. Après une dernière nuit de beuverie, dépouillé par une prostituée, il s'était retrouvé sur le carreau. Un camion l'avait transporté jusqu'ici. Il avait tenté de faire du stop mais, lui aussi, sans succès. Je l'écoutai d'une oreille distraite, croyant à peine à son histoire... Pourquoi, possédant une voiture, d'après ses dires, il ne s'en était pas servi pour accompagner sa famille ? Bientôt je me laissai dériver vers la rêverie mon sac calé entre mes pieds, la tête contre la vitre.
Lorsque le bus stoppait l'air devenait irrespirable.

Nous arrivâmes à Oujda en fin d'après-midi. A la sortie de la gare routière Juan fit signe à un taxi qui passait sur l'avenue et qui pila brusquement. Le tuyau d'échappement était percé. Le moteur pétaradait joyeusement. Un flic passa en mobylette et n'adressa aucun regard au véhicule. A l'intérieur de la voiture se tenait déjà, à l'arrière, une fatma avec un poulet ficelé sur ses genoux. Le chauffeur nous installa et démarra en trombe. Les sièges rouge étaient tous défoncés. La Simca avait connu des jours meilleurs. La petite voiture filait avec adresse dans la circulation, entre les deux roues, les piétons, les charrettes. Le chauffeur déposa la fatma devant l'entrée de la médina puis il changea de direction. Peu à peu les rues devinrent cossues. Les villas étaient entourées de hauts murs blancs derrière lesquels l'on devinait des jardins. Enfin le taxi stoppa devant un grand portail bleu. Un magnifique portail qui laissait augurer une maison luxueuse cachée des regards. Bien entendu je dus payer la course. Juan n'avait rien sur lui. Pas un dirham mais aussi aucune clef. Il me sourit et me dit :

- Fais-moi la courte-échelle !
- Ah bon ! fis-je à moitié étonné.

La rue était déserte. La chaleur avait diminué. J'obtempérai de mauvaise grâce. Il posa un pied sur mes mains jointes, l'autre sur mon épaule, et m'arrachant une grimace de douleur, il s'accrocha au portail qu'il escalada avec souplesse. Il sauta rapidement de l'autre côté. Je restai faisant le pied de grue. La situation était bizarre. Il me tardait de me désaltérer.

T2 à louer

Comme les fois précédentes Luis s'empara du journal local. Nul article dans la rubrique des faits divers. A croire que la police travaillait dans le plus grand secret. Cependant il en doutait et l'incertitude combla le vide de sa journée. La semaine suivante, les médias n'ayant rien d'autre de mieux à se mettre sous la dent reprirent en boucle les propos défaitistes de certains économistes et démolirent ainsi le moral des commerçants. Son patron devint exécrable. L'ambiance au magasin s'en ressentit. Pourquoi la bête ne pouvait-elle pas faire une exception en s'occupant de ce connard ?

Vint le moment où l'envie de rôder autour de la résidence le reprit. Les criminels reviennent sur le lieu de leur crime et il ne faisait pas exception. Mais Luis avait une excuse. Il avait tué deux fois la même victime et le mystère de ce double meurtre restait entier. Sa raison avait du mal. La bête depuis ce jour-là s'était repliée dans son antre, tout au fond de son inconscient. Pour l'heure, elle le laissait peinard. Toutefois il savait aussi qu'elle allait se réveiller à la moindre occasion. Et il redoutait le pire.

Le lundi était son jour de congé. Luis monta jusqu'à Belleville. Au début de la rue Piat il adopta l'allure d'un passant ordinaire. Il était quatorze heures. Les actifs étaient au travail. Les autres, les vieux et les chômeurs devant le feuilleton de l'après-midi. Il laissa traîner un regard avide de curiosité sur l'immeuble. Les volets des fenêtres étaient ouverts. Tout paraissait normal. Une pancarte attira soudain son attention. Un deux pièces était à louer au quatrième, sous l'appartement de Monique. Aussitôt une idée lumineuse lui enjoignit d'appeler l'agence. Une voix féminine répondit. Il était possible de visiter l'appartement d'ici une heure environ. Puis il raccrocha, content de sa ruse. Il avait le temps pour déambuler dans la rue, fureter, tenter de percer le mystère de cette baraque. Si quelqu'un l'observait à travers une fenêtre ou même un flic planqué quelque part, il avait une excuse toute trouvée pour expliquer sa présence ici.

Il resta un moment devant le portail, en lorgnant de temps à autre vers la terrasse. Il s'apprêtait à bouger quand il eut une autre idée. Il n'avait qu'à sonner chez Monique sous le prétexte fallacieux de se renseigner sur les habitudes du quartier, comme quelqu'un qui compte réellement vivre dans ce T2. Pour savoir si les propriétaires étaient des gens complaisants ou stricts, s'il y avait un centre commercial pas loin, un arrêt de bus. Bref ! Faire l'idiot pour tenter de découvrir ce qui se tramait, en limitant les risques de se faire épingler. Il posa son doigt sur la sonnette, hésita puis appuya prêt à prendre les jambes à son cou. Mais personne ne répondit. Soulagé et déçu à la fois, il regagna son poste d'observation dans le parc, sur le banc, et attendit l'arrivée de la commerciale.

Une Smart noire déboucha à vive allure et se gara devant lui. Il joua le jeu et accueillit la jeune femme d'un air décontracté. Elle brandissait un petit trousseau de clefs. Elle expliqua que la propriétaire habitait au-dessus mais qu'elle était absente. C'était donc bien de Monique dont elle parlait, songea-t-il. Elle lui fit visiter rapidement le T2. Il posa les questions d'usage, fit celui qui était intéressé. Il mentit en disant qu'il était de Lyon et qu'il était muté dans le cadre de son job de comptable. Il fournit de fausses coordonnées que la jeune commerciale s'empressa de noter dans son gros agenda. La pimpante blondinette aimait son boulot. Pour convaincre elle ne cessait de parler, de vanter les qualités de son produit. La visite était terminée mais la jeune femme continuait de parler. Une vrai pipelette, se dit-il. Luis était maintenant pressé qu'elle s'en aille mais la commerciale était lancée. De ce fait sa vigilance se relâcha et il ne remarqua pas tout de suite la Ford noire qui s'était garée devant le garage. Quand la Smart redémarra en trombe, il releva la tête et crut qu'il avait une vision. Monique était debout à côté de sa voiture et elle avait ouvert la portière. Vêtue d'un manteau rouge elle regardait dans sa direction. Quelques mètres les séparaient l'un de l'autre. Il n'y avait personne d'autre dans la rue.

Il se figea comme si ses pieds étaient pris dans un béton à prise

89

rapide. Monique le fixait. Il crut qu'il allait tomber dans les pommes. Sa face était livide. Néanmoins la réaction de la femme lui fit retrouver ses couleurs. Elle s'adressa à lui comme si elle ne le connaissait pas.
- Bonjour monsieur... Vous désirez ?

Luis ayant retrouvé une contenance en apparence normale eut toutefois du mal à trouver ses mots. Le fantôme se moquait de lui. La peur se nicha soudain sur le bout de sa langue. Il dit sans oser traverser la rue :
- Je viens de visiter le T2. Et je me demandais...
- Oui... articula Monique avec un gentil sourire.
- Je me demandais, reprit-il, avec un peu plus d'assurance, si le quartier était aussi calme la nuit que la journée.

Cette question ne sembla pas étonner la femme qui répondit :
- C'est un endroit tranquille... La nuit encore davantage. Sauf peut-être l'été quand il y a du monde dans le parc.

Elle poursuivit :
- Vous allez vraiment vous installer ici ?

Il balbutia :
- Oui ! Je crois... enfin j'aimerais bien.

Elle le dévisagea avec plus d'insistance et dans cette seconde-là il crut qu'il était découvert. C'est trop ! pensa-t-il. Cette femme, cette ressemblance parfaite... Il aurait voulu lui arracher les vêtements, examiner la peau du ventre, les traces du couteau. Cela l'aurait sans doute rassuré ou le contraire. Il ne savait plus. Il regarda ses pieds pour éviter son regard et soudain sentit le trottoir onduler. Toutefois, malgré son état, il réussit à poser une deuxième question, afin d'accréditer son personnage :
- Excusez-moi si j'insiste. Je ne suis pas parisien... Y a-t-il un centre commercial à proximité ?
- Bien évidemment, dit-elle. A deux pas du métro. Vous verrez c'est facile.

Il la remercia, n'ayant qu'une hâte, s'éloigner au plus vite. Il attendit qu'elle s'installe dans sa voiture et crut évidemment qu'elle avait troqué la Porche contre une Ford. Il regarda avec effarement passer cette voiture conduite par un spectre. Quand la silhouette du véhicule tourna au fond de la rue il sortit de sa léthargie et s'éloigna comme un somnambule.

Viens voir la bagnole

Nous suivîmes une allée de gravillons blancs jusqu'à la porte d'entrée. Juan se pencha et plongea le bras dans une potiche en terre cuite puis dans une autre qui faisait le pendant. Il cherchait la clef. En attendant, fataliste, j'observais le décor. Les pelouses étaient impeccables. On aurait dit du plastique. Des massifs de fleurs rouges s'épanouissaient le long d'un mur blanc. Un grand palmier récemment élagué occupait le centre du jardin avec, comble de standing pour ce pays où l'eau demeurait précieuse, un bassin de pierre où s'écoulait un filet permanent.

- Il faut que tu me fasses encore la courte-échelle.
- Tu n'as pas la clef ?
- D'habitude ma femme en laisse une dans une potiche mais je ne la trouve pas. C'est peut-être le jardinier qui l'a prise…
- Le jardinier ?
- Ou la fatma qui s'occupe de la maison, me répondit-il en me tournant le dos et en observant le premier étage.

Au Maroc le petit personnel ne coûtait quasiment rien. Le soleil tapait dur encore. Nous étions en train de cuire. J'étais impatient de pénétrer dans la maison et me mettre au frais. Juan grimpa sur mes pauvres épaules meurtries. Il s'accrocha au lierre de la façade et se hissa jusqu'au balcon. Un carreau se brisa et une minute plus tard la porte s'ouvrit. A peine à l'intérieur, Juan disparût par une porte qui plongeait au sous-sol. L'obscurité baignait les pièces. Livré à ma curiosité j'inspectai les lieux. Je découvris non sans mal la cuisine de l'autre côté de la maison. Je me dépêchai d'actionner le robinet. J'évitai de boire mais je me rafraîchis le visage. Dans le frigidaire qui occupait un côté de la cuisine il y avait de l'eau. Sans plus attendre je décapsulai la bouteille. Désaltéré, je prêtai l'oreille. Des portes claquaient, des pas résonnaient. Juan était à l'étage et il semblait inspecter les pièces. J'attendis donc que mon hôte revienne me faire les honneurs de sa demeure si vraiment c'était la sienne. J'avais toujours des doutes. Ce type me faisait quand même une impression bizarre et son attitude n'était pas claire. Quand il réapparut il brandissait à la main un trousseau de clefs.

- Viens voir la bagnole !

Je le suivis jusqu'au garage. Effectivement il y avait une belle voiture. La même dont il m'avait parlée. Il ouvrit la portière, s'assit au volant, régla son siège et me dit :
- Allez ! Ouvre la porte du garage et le portail de l'allée.

Visiblement ça le démangeait de conduire cette voiture de luxe. Poussé par les événements, puisque j'avais pris la décision de m'en remettre à lui, je fis ce qu'il demandait.
- Monte ! Tu peux laisser le portail ouvert. On va juste faire un tour.

Je répondis :
- Ce n'est pas prudent de laisser tout comme ça. Il doit y avoir du chapardage dans le quartier.
- Non ! C'est une rue peinarde.

Il passa la première, accéléra brutalement et la voiture fit un bond en avant.
- Hijo de puta ! jura-t-il

Je me gardai bien de faire des commentaires. Il fit craquer la seconde, chercha la troisième et enfin parvint à stabiliser sa conduite. Il me regarda avec un sourire gêné.
- Je ne l'ai pas encore en main.

Nous roulâmes un bon moment au hasard. Juan était comme un môme, découvrant son nouveau jouet. Il virait à droite, puis à gauche, appuyait sur le champignon pour tester l'accélération. Je me cramponnais comme je pouvais. Je n'étais pas rassuré. Au bout d'une demi-heure, au terme de cette chaotique balade, je vis réapparaître la rue et Juan stoppa devant la villa.
- On va faire la fête, me dit-il, sans préambule.
- Ce soir ?
- Ouais ! T'es fatigué ?

J'aurais préféré me poser mais il se serait fichu de ma gueule.

- Je vais me raser et me faire beau, précisa-t-il. Tu devrais en faire autant. Après on ira manger en ville et l'on ira s'éclater en boite.

Il me planta aussitôt puis disparut dans la villa. En traînant les pieds je le suivis. Je montai à l'étage. Dans les chambres les lits étaient faits. Les bibelots à leur place. Les beaux tapis absents de poussière. Les vitres des fenêtres sans aucune trace. Sans une culotte ou une chaussette qui aurait pu être oubliée sur une descente de lit ou sur un meuble. Je perçus soudain le bruit d'une douche et l'ami Juan chantonner. L'homme était heureux.

Fatigué, je pris possession d'une chambre, à priori appartenant à un gosse mais je n'en étais pas sûr. Il n'y avait aucun jouet à l'exception d'un petit nounours rangé sur le haut d'une armoire. Dans une alcôve une minuscule salle de bain était installée avec une douche. Je me lavai de la poussière du voyage. L'eau me revigora. Après tout, cet olibrius voulait faire la fête et l'idée commençait à faire son chemin. La faim me titillait. Puisqu'il avait parlé de restaurant allait-il enfin sortir son argent ?

Nous nous retrouvâmes dans la voiture. Juan tenait à la main une liasse de dirhams. Je fus rassuré quant aux futures notes de la soirée.

La rue principale de la ville était animée. La journée avait été rude. La population éprouvait le désir d'un peu de fraîcheur. En ce début de soirée l'air était supportable. Le soleil décuplait les contrastes, jouant avec les couleurs. Les trottoirs à l'ombre des façades étaient gavés de piétons. Les bars étaient pleins. Des hommes uniquement devant des verres de thé à la menthe pour la plupart. Juan proposa de nous rendre dans un hôtel où, dit-il, l'alcool et les femmes seraient au rendez-vous. Il se gara sur le parking derrière le bâtiment. Puis, tel un conquérant, il poussa la porte de l'établissement.

La climatisation diffusait une agréable fraîcheur. Une douce pénombre invitait aux confidences. Une musique agrémentait le silence ouaté. Des sièges abritaient des couples. A notre arrivée, deux jeunes marocaines habillées à l'européenne levèrent le nez

de leur tasse.
- Allons commander à boire ! me souffla Juan.

Il demanda un Bourbon et moi une bière. Je me juchai sur un tabouret et j'attendis avec curiosité la suite. Juan était fébrile. Il acheta des cigarettes américaines et sortit un beau briquet en or de sa poche. J'avais remarqué ce Dupont posé sur un guéridon à l'entrée lorsque nous avions pénétré dans la maison. Il alluma sa cigarette, claqua le couvercle, fit un rond de fumée, puis, en emportant son verre, se dirigea vers les deux filles. Je le vis se pencher, leur parler et, sans attendre d'y être invité, s'asseoir à leur table. Ce mec, pensai-je, semblait faire peu de cas de son épouse. Mais je n'étais pas là pour le juger. Je savais très bien à quoi m'en tenir avec les femmes. L'oiseau m'avait bien mis les points sur les « i ». Je reportai mon attention sur le trio... Ces filles étaient séduisantes et l'idée de se les envoyer commença à me plaire. J'avalai une gorgée de bière et je les rejoignis.
- Bonjour ! dis-je timidement en m'approchant.
- Ah te voilà ! Assieds-toi que je te présente.

Visiblement Juan était fier de montrer à son jeune compagnon sa capacité de séduction. Il s'était attiré la sympathie des filles en un rien de temps. Cependant le doute subsistait quant à leur condition. Étaient-elles des prostituées ou tout simplement ces jeunes femmes cherchaient-elles à s'amuser ? Pourtant la soirée semblait déjà acquise. Juan eut le culot de rajouter sans que les marocaines s'en offusquent :
- Celle-ci c'est Fatima. Elle est pour moi.
 Puis montrant la deuxième fille d'un revers de pouce il dit :
- Elle est pour toi ! C'est comment ton nom déjà ?
- Yasmina.

Elle avait murmuré son prénom du bout des lèvres. Elle était moins jolie que sa copine mais possédait un certain charme. En outre elle était plus enrobée. Son chemisier échancré sur une poitrine généreuse ne me laissait pas indifférent. Je balbutiai en retour :
- Enchanté !

Je cherchai quelque chose de plaisant à rajouter mais je restai sec. Aussi me tournai-je vers Juan et je dis :

- Il y a un restaurant ici ?

Yasmina répondit par l'affirmative. Soudain nous nous mîmes à parler en même temps. Mais Juan qui avait plus de voix et de caractère continua seul et déclara :

- On va aller se taper la cloche tous les quatre... Mesdames je vous invite. Mais pas ici ! Je connais un restaurant plus typique, avec des danseuses. Après on ira en balade et boire des verres à la maison. C'est d'accord les filles ?

Elles répondirent avec des sourires qui en disaient long. Juan éclata d'un rire tonitruant et déclara :

- A la bonne heure ! Toi avec moi et elle avec lui. Et après on changera !

Je le regardai sidéré, la bouche ouverte. Il me poussa du coude dans un geste grossier de connivence. Les filles s'esclaffèrent, nullement choquées. On allait manger et partouzer. Je n'en revenais pas. Quand je fus remis de ma surprise ils étaient dehors et filaient vers le parking. Un oiseau était posé sur le capot d'une Renault. Je passai devant lui en me demandant si c'était le mien. C'était un moineau comme ceux qui grappillent autour des tables de restaurant. Il penchait la tête sur le côté. Pour scruter le ciel, ou entendre le déplacement d'un lombric.

- Veinard !

L'oiseau avait parlé. C'était bien le mien. Avant que je ne lui réponde il s'envola et disparût derrière un palmier. Je me mis à courir pour rejoindre les autres.

La façade du restaurant ne payait pas de mine. L'intérieur non plus. Il y avait peu de monde. Le décor était oriental avec des tables couvertes de nappes brodées, des banquettes agrémentées de coussins poussiéreux. Des niches dans le mur éclairaient des poteries. Éloignés de notre table, sur une estrade couverte d'un tapis, des musiciens sur des tabourets, en djellabas blanches, coiffés du traditionnel fez, attendaient immobiles, sages comme des images. On aurait dit une ancienne carte postale coloniale. Un plateau en argent sur un trépied en bois débordait de fruits. Un deuxième était chargé d'une théière et d'une douzaine de verres.

Le garçon nous apporta la carte. Juan, d'autorité, commanda un couscous royal pour la tablée. Un Boulaouane, un rosé corsé, l'ayant déjà goûté à mes dépens, apparut par enchantement. Il était frais. La bouteille suintait. Les quatre verres se remplirent mais seuls, Juan et moi y trempèrent nos lèvres. J'étais mal à l'aise et j'eus tôt fait de vider le mien. La bouteille était déjà finie quand la semoule fit son apparition. Le garçon apporta une deuxième bouteille et il nous servit avec prestance. Les filles avaient pris du thé mais elles eurent tôt fait de changer d'avis.

Yasmina était toute proche. Sa cuisse chaude irradiait mon corps d'une languissante torpeur. Juan s'occupait de Fatima en avalant goulûment des bouchées de légumes. De temps à autre, intrigué, admiratif, je l'observais. Une cuisse de poulet dans une main, l'autre autour de la taille de sa conquête, il dévorait la vie à pleines dents. Quant à moi pour rester à l'unisson, il me fallait boire encore.

Soudain les lumières baissèrent. Tels des automates surgis de leur boite les musiciens s'animèrent. La musique résonna dans la salle. Sur l'estrade une plantureuse danseuse apparût dans une danse qui me fit écarquiller les mirettes. J'avais toujours eu un petit faible pour les femmes opulentes et j'en oubliai mon assiette. Elle arborait une tenue violette, d'or et de paillettes. Ses voiles transparents ne cachaient rien. Des bracelets d'argent aux poignets et chevilles cliquetaient quand elle se déplaçait. Elle évoluait pieds nus. Je n'avais d'yeux que pour sa poitrine. Ses hanches lourdes oscillaient au rythme des tambours. J'étais hypnotisé. Le spectacle m'électrisait tandis que l'œil égrillard de Juan m'encourageait dans le pelotage de ma voisine.

Nous vidâmes une autre bouteille que Juan avait commandée d'un claquement de doigts. La danseuse avait posé le service à thé en équilibre sur sa tête. Elle se contorsionnait en roulant

97

comme un cobra échappé du panier. J'étais épaté et n'avais rien vu de semblable. Mais à cette époque-là j'étais jeune. Je n'étais guère sorti du giron familial. La danseuse était une experte. Elle savait y faire et elle me repéra. Juan la voyant s'approcher de notre table me fourra un billet dans la main et me dit :
- Fiche-lui dans la culotte !

Je n'osai pas. Le nombril maquillé d'un bijou se trémoussait sous mon nez. Gauchement je parvins à glisser le billet pour me débarrasser d'elle sous les regards narquois des clients. Elle avait conservé le plateau sur sa tête et n'avait pas versé une goutte de thé. Enfin, elle s'en alla et rejoignit une autre table. La quatrième bouteille de rosé fit son apparition sans que je m'en rendisse compte. Je ne savais pas si Juan avait proposé du pognon aux filles mais dans l'état où j'étais je m'en fichai royalement.

C'est la règle commissaire

J'étais sur la méridienne. Le dos contre le dossier je matais mes délicates chaussures de ville, impeccablement astiquées. Je me disais que j'avais eu ma dose pour aujourd'hui. Cette tordue de psychologue m'avait carrément surpris. D'ordinaire elle ne prononçait aucun mot pendant que je racontais ma vie. Mais, cette fois-ci, quand j'avais jacté de l'oiseau elle avait répondu :
- L'oiseau, vous dites ? Il vous a aidé ?

Enfin cette conne avait daigné m'adresser la parole. Je m'étais arrêté de parler et je l'avais regardée un brin ahuri. C'était la première fois qu'elle m'interrompait. Ce n'était sans doute pas très bon pour ma pomme. Je répondis toutefois :
- Oui ! L'oiseau... Vous ne me croyez pas, n'est-ce pas ? Un oiseau qui parle cela vous paraît inconcevable ?

Elle me fixait avec ses grands yeux marrons de vache. Soudain une étincelle alluma ses prunelles tristes comme la flamme d'un briquet au concert de Renaud. Elle laissa tomber :
- C'est un dédoublement de personnalité. L'oiseau c'est vous commissaire. C'est votre inconscient qui parle et qui décide de votre conduite. L'oiseau est juste une émanation de votre esprit, un double profond de vous-même. C'est une hallucination qui se matérialise sous la forme d'un « putain de connard d'oiseau », pour reprendre votre vocabulaire.
- Ah bon ! Je n'avais jamais envisagé la chose sous cet angle. Je suis secoué du carafon, c'est donc ça ? Dédoublement... Je me parle tout seul. C'est bien ce que vous venez de me dire ? J'ai une araignée au plafond ou plutôt un piaf pour faire de l'esprit à deux balles.

La psychiatre se referma ensuite derrière son blockhaus en acajou. Je laissai le Maroc et le feuilleton de ma jeunesse pour la prochaine séance. Je me levai lourdement en faisant craquer mes jointures de jeune quinquagénaire. L'envie d'un gorgeon de whisky me traversa soudain le palais. Putain de cholestérol qui m'empêchait de vivre ! Je sortis un sourire forcé et balançai au docteur Avril, assise derrière son bureau, toujours muette :

- Voici le pognon pour aujourd'hui et celui de la dernière séance que j'ai manquée.

J'attendais un merci mais elle me répondit sans ciller :
- C'est la règle commissaire. Au revoir.

Dehors il faisait soleil et je pestai intérieurement contre cette femelle qui se prenait pour Lacan. Je branchai mon portable et consultai les messages qui s'étaient empilés durant ma séance.

Je m'installai confortablement dans ma chignole et me roulai une clope avant de démarrer. Je roulai lentement. Je n'étais pas pressé de réintégrer le bureau et de me confronter aux gueules de mes adjoints. Mes visites chez la mère Avril n'étaient un secret pour personne. L'année dernière, lors d'une enquête très compliquée, j'avais dépassé une fois de trop la ligne jaune. Je m'étais fait gauler par le radar de la hiérarchie. Mon supérieur, un copain d'école, m'avait sauvé la mise et m'avait évité une mutation déshonorante dans un bled pourri. La solution, pour évacuer mon trop plein d'agressivité, avait été de consulter cette thérapeute à mes frais et jusqu'à complète guérison. Je t'en foutrais ! fulminai-je. Ils étaient capables de me laisser dans les griffes de cette sorcière jusqu'à la retraite.

Nous étions le 24 juin et c'était l'été. Fini l'hiver et le moral à zéro. Au 36 quai des Orfèvres je me garai sur ma place réservée et avalai en courant les marches de l'escalier. Le toubib m'avait conseillé de faire de l'exercice et j'évitai donc les ascenseurs. Le mieux aurait été d'arrêter de fumer mais c'était au-dessus de mes forces. Le gouvernement m'emmerdait avec sa politique de prévention. On était revenu au temps de la prohibition. Celui qui allait me faire baisser mon froc n'était pas né.

Je bouclai la porte de mon burlingue ce que je faisais rarement. J'espérais me caler tranquille avant de m'y remettre. Une pile de dossiers encombrait mon étagère. Des procédures en cours de classement. Des affaires résolues et d'autres pas. En lorgnant cette paperasse je me souvins du temps de mes débuts, quand je bossais à Lyon. J'avais vieilli et pris du grade. Le prix à payer c'était ce bureau presque à plein temps. L'air vicié de la rue me manquait.

Résigné, par la force des choses, je fis un peu de rangement et j'ouvris un dossier. Une bande d'adolescents, inconnue jusqu'à ce jour, et donc non répertoriée, avait tabassé à mort un type près de la place d'Italie. Malheureusement les vidéos étaient en panne cette nuit-là. Aucun témoin n'avait eu les couilles pour venir témoigner. Résultat un jeune gars de trente balais était parti se faire découper à l'institut médico-légal avant d'être admis au boulevard des allongés. Un parmi tant d'autres. Valait mieux ne pas y penser ! Je notai en marge deux ou trois trucs, donnai plusieurs coups de fil puis j'appelai mes adjoints pour une mise au point.

Ce soir j'avais rendez-vous avec une ancienne collègue. Nous avions fait nos débuts ensemble à Lyon, à la section enquêtes et recherches. Les officiers de police judiciaire, comme la plupart des fonctionnaires, rêvaient d'une place en province, plus près de chez eux. C'était son cas mais pas le mien. Le mythe des gros bras du 36 quai des Orfèvres c'était bon pour certains dont je faisais partie. Mais il y avait peu d'élus. Il fallait en avoir le tempérament. Avant d'y accéder je m'étais tapé vingt ans dans divers commissariats et services avant d'avoir une place de chef de groupe à la Crime. Cette longue période à déménager sans cesse m'avait coûté très cher. Ma femme, la fausse rousse que j'avais finalement épousée, n'avait pas résisté. J'avais continué durant dix ans, en serrant les dents. Je n'avais pas eu le courage de démissionner pour sauver notre couple. Ma fille m'en avait voulu très longtemps. Aujourd'hui nos relations s'étaient quand même améliorées. Cependant il y avait la distance. Elle était instit à Marseille et l'on se voyait rarement. Je m'étais retrouvé seul à Paname. J'avais couru le guilledou. Il y avait eu quelques nanas qui avaient fait de la route en ma compagnie. Cependant aucune n'était restée. Cela venait de ma personnalité. Et puis je ne leur avais pas donné la possibilité de s'attacher car je n'avais jamais été très sympathique à vrai dire.

Quand Yolande m'avait appelé en milieu d'après-midi j'avais été surpris. Cela faisait des plombes que nous ne nous étions pas vus. Ce qui m'étonna c'était qu'elle était à Paris. Elle était en poste à la Rochelle et, d'après ce que je savais, elle était plus près de la retraite que moi car elle avait eu trois mômes qu'elle avait élevés malgré sa carrière. Son mari était mort il y avait deux ans m'avait-elle dit. Je lui avais répondu que j'étais désolé car c'était un chic type. Il était commercial chez Fiat. Il vendait des camions. Il était mort foudroyé sur la route par une crise cardiaque. Il avait juste eu le temps de stopper son véhicule sur le bas-côté avant de crever. Elle avait eu envie de me dire ça en préambule. Je l'avais laissé faire sans l'interrompre. Pourtant je brûlais de savoir ce qu'elle fichait vraiment à Paris. Je m'étais souvenu que dans le temps nous avions été de bons amis. Nous nous entendions comme larrons en foire. Nous avions senti, si les circonstances avaient été différentes, qu'il aurait pu y avoir une histoire, un lien plus fort, plus intime. Nous étions sur la même fréquence pour parler comme des flics. Tout ça pour dire que ce soir je n'allais pas me taper des heures sups. A dix-huit heures, je claquai le tiroir de mon bureau où était rangé mon arme de service, tournai la clef que je logeai dans la poche de mon blouson de cuir et je me débinai vite fait. Je lui avais donné rendez-vous au jardin du Luxembourg à côté du bassin. C'était à deux pas de son hôtel.

J'arrivai dix minutes en avance. Le soleil était encore haut. Il faisait un temps agréable et il n'y avait pas de vent. Les chaises autour du bassin étaient occupées par des vieux, des mamans et des sans-domiciles. Il en restait quelques-unes de libre. J'aimais ce jardin chargé d'histoire face au Sénat, où ses messieurs de la politique s'étrillaient régulièrement au nom de la démocratie.

Yolande soudain se matérialisa. Plongé dans mes pensées je ne l'avais pas vue se pointer. Elle était arrivée par une contre-allée dans mon dos. Elle n'avait pas changé à l'inverse de moi qui comptait quelques kilos en trop. Elle avait toujours sa taille de jeune fille, sa belle poitrine, bien prise dans un manteau rouge sang. On ne faisait pas mieux pour passer inaperçu. Je l'avais connue blonde et elle était brune. On lui donnait quarante piges. La vie était terriblement injuste côté physique pour beaucoup

mais pas pour elle. Ses joues étaient fraîches et elle paraissait ravie de me retrouver. J'étais dans le flou quant à sa venue à Paname mais je profitai au max du moment. C'était une belle femme et les regards envieux des mecs qui passaient en disaient long. Elle s'était assise et avait ouvert son manteau en croisant des jambes gainées de soie. Je devinai dessous une robe très courte. A l'époque elle portait des pantalons. Aussi me permis-je une remarque :
- Dis donc ! Tu as sacrément changé de look. Remarque ça te va très bien ! Tu as une sacrée classe...

Elle me répondit avec un brin d'autodérision :
- Tu es gentil, mais en vieillissant, vois-tu, l'emballage devient une nécessité.

Comme je me taisais, elle poursuivit :
- Je suis en congé ces jours-ci. Par contre ce n'est pas pour faire du tourisme. J'ai une autre raison.

Cette fois-ci je lui répondis :
- Je m'en doute. Et peut-être as-tu besoin de moi ?
- Exactement !

J'attendis la suite mais ça ne vint pas… Je me tournai vers elle et la dévisageai. Il me semblait qu'elle avait perdu ses couleurs. Elle fixait ses escarpins vernis. Elle avait posé ses mains sur ses genoux. On aurait dit une gosse. Celle du petit chaperon rouge. Je me surpris à me demander où se trouvait le loup ? Le silence était un espace gênant dans une discussion. Il était rempli de non-dits et de suppositions aussi. Elle ne savait pas comment entamer ce qu'elle voulait me confier. Un léger pli accentuait ses fossettes qui me rappelèrent celle que j'avais connue. Enfin elle dit :
- Je suis inquiète.

Elle hésita puis continua :
- Je suis inquiète pour ma sœur. Elle a disparu et je crains le pire.
- Je ne savais pas que tu avais une sœur.
- Je ne le sais que depuis quelques années à peine... J'ai été

abandonnée par ma mère à ma naissance. J'ai suivi, comme tu le sais, le circuit habituel des foyers... Un jour, une femme est venue me trouver. Elle me ressemblait étrangement. Après le moment de stupeur, preuves en main, je ne sais pas comment elle s'était débrouillée, elle m'apprit que ma mère, et aussi la sienne, puisque nous étions sœurs, était décédée suite à une longue vie de galère. Je te passe les détails... Après l'émotion, de cette rencontre nous nous sommes séparées. Elle habitait à Paris et avait été mariée à un homme riche, un promoteur. Moi je vivais déjà à la Rochelle. Nous nous sommes revues, et nous avons pris l'habitude de nous téléphoner le dimanche soir. Nous sommes de vrais jumelles, mais nous avons des tempéraments différents. C'est ce qui nous a rapprochées. Pour une raison que j'ignore, et contrairement à moi, elle a été adoptée dès notre naissance par une famille modeste. Je crois que c'est grâce aux relations de son mari qu'elle a pu avoir accès au dossier de la DAS. Percer ainsi le mystère navrant de notre génitrice. Quant à mon père il demeure inconnu. Peut-être même que notre mère ignorait son nom quand on voit de quelle façon elle a vécu. Mais peu importe ! Voilà où je veux en venir. Il était prévu que je vienne passer une semaine à Paris. Elle voulait m'emmener au casino Barrière. Nous avions fait aussi des projets de balade car je ne connais pas grand-chose de la capitale. Faire aussi les magasins. Mais quand je l'ai appelée il y a quinze jours environ elle avait une voix bizarre. Nous avons parlé et j'ai compris qu'elle ne se souvenait pas de ma venue. Pourtant c'était elle qui avait insisté pour que je vienne passer ces quelques jours. Elle m'avait dit aussi qu'elle avait une surprise. Une très grande surprise à me faire. Elle n'avait pas voulu m'en dire plus. Tout ça, elle avait l'air de l'avoir effacé. Je n'ai pas eu l'à-propos de la pousser dans ses retranchements et je me suis dévoilée. Je lui ai demandé pourquoi elle faisait ainsi l'idiote en faisant comme si elle avait oublié que nous devions passer la semaine toutes les deux. Dès ce moment-là, elle changea de ton. Elle me dit comment j'allais, ce que je devenais... Elle se fit charmante et j'en oubliais le début de notre conversation, et je raccrochais en restant sur une étrange impression. Le dimanche je l'ai appelée pour confirmer mon arrivée ce lundi, c'est à dire aujourd'hui. C'était en soirée et je me suis dit qu'elle était au casino. J'ai rappelé le lendemain, le mardi et toute la semaine à des heures différentes. Même très tard en soirée. Rien ! A l'exception du répondeur je n'ai jamais eu de réponse. Je me suis demandée ce qu'elle fichait encore. Alors ce matin j'ai quand même pris la route puisque c'était convenu et je me suis rendue directement chez elle. J'ai sonné mais il n'y avait personne. Voilà ! Je suis vraiment inquiète. Ce n'est pas normal. Elle était trop contente de ma venue pour l'avoir oubliée. Quand nous avons parlé la dernière fois au téléphone quelque chose clochait. Je ne sais pas quoi ! Mon instinct de flic peut-être ? Alors devant cette porte close j'ai pensé à toi. Il faut que tu m'aides à rentrer dans la résidence. Je suis sûre qu'il y a un truc de pas normal.

Je la rassurai et lui demandai où elle avait sa voiture.
- Au parking de l'hôtel où je suis descendue en fin de compte.
- On va prendre la mienne. Je suis garé pas loin.

Pour faire vite j'appelai le standard. J'avais besoin sur place d'une voiture de patrouille avec un serrurier. Il n'y avait que dans les films où le poulet ouvrait les portes avec sa carte de crédit. Bien sûr nous arrivâmes avant tout le monde. Sagement nous attendîmes dans la Citroën que j'avais garée tant bien que mal devant l'immeuble. Ma collègue était tendue. Elle ne disait rien et tapotait le rebord de la portière avec ses doigts fins et vernis. Elle portait une bague en or. Mais il n'y avait plus d'alliance. Était-ce un signe de sa part pour signifier que maintenant elle était libre ? Soudain des images d'une époque révolue me revinrent en force. Il y avait longtemps que je n'avais pas pris une main féminine pour une balade. Un coup de klaxon me tira de mes réflexions. La patrouille se positionna plus loin. Ils étaient arrivés discrètement. Ce n'était pas la peine d'ameuter le quartier. Il y avait vraisemblablement une explication simple à cette situation.
Le serrurier se fit attendre. Mais c'était normal. Ce n'était qu'un artisan et il ne possédait pas de gyrophare pour jouer les cow-boys. La porte d'entrée était attenante à celle du garage. Le

serrurier nous annonça que cette porte était sécurisée ... C'était compliqué. Il préconisa de s'attaquer à celle du garage. Je répondis qu'il fasse ce qu'il voulait mais vite. Il maugréa dans son mégot et empoigna une perceuse pour attaquer la serrure. Dix minutes plus tard la porte se souleva. L'ouvrier voulut pénétrer à l'intérieur du garage mais je le retins par l'épaule. Je le remerciai illico et lui demandai d'envoyer sa facture, comme d'habitude. Le reste ne le regardait pas. Yolande était rentrée la première suivi des deux flics. J'étais le dernier et j'inspectai sommairement le garage. L'ascenseur était exigu et nous nous serrâmes pour y pénétrer tous les quatre.

Quand nous débouchâmes dans l'appartement je sifflai dans ma barbe. Cela puait le pognon... Il y avait un escalier en fer qui permettait de monter d'un étage. On apercevait une terrasse avec une vue superbe et dégagée sur la cité. Les flics de la patrouille passèrent les premiers, avec sur leurs talons Yolande. Tandis que je m'attardais autour d'un Sphinx devant l'entrée Yolande poussa un cri. Je me précipitai à mon tour. Mon ex-collègue était dans l'embrasure d'une pièce. Je l'écartai. C'était la cuisine.

J'entendis un flic dans mon dos dire :

- Quel foutoir ! Et tout ce sang...

C'était le merdier. Nous étions sur une scène de crime. Une large plaque de sang inondait le carrelage blanc. Il y avait des éclats de verre et de la vaisselle cassée. Autour c'était de l'huile d'olive à en juger par l'odeur et le tesson qui avait roulé sous la table. Je reconnus l'étiquette de la marque. C'était la même que j'utilisais quand je faisais mes courses en vieux célibataire.

- Où est-elle ? Mais cherchez-là ! ordonna Yolande en proie à la panique.

Les policiers ébahis d'entendre cette femme leur parler ainsi me jetèrent un regard étonné. Je rectifiai le tir :

- Excusez-moi les gars ! J'ai oublié de faire les présentations. Madame fait partie de la maison. Et c'est sa frangine que l'on cherche.

Cela leur suffit. Les deux lascars retrouvèrent instantanément leurs faces joviales mais professionnelles de flic et s'en furent fouiller l'immense appartement. Yolande repartit dans le salon. A mon tour je la suivis en attendant de voir venir. Elle eut un étourdissement et fut obligée de s'asseoir sur le canapé. Pâle comme un linceul, elle parvint toutefois à prononcer :

- Ce sang ! Il y a des traces de lutte.

Je ne pus que hocher la tête.
- Tu veux que nous cherchions nous aussi ?
- Non ! Je n'ai pas la force. Je crains le pire. Je préfère attendre.

En disant cela elle avait le corps qui tremblait. Je la plaignis et je n'aurais pas voulu être à sa place. Moi aussi j'avais une sœur et j'avais du mal à imaginer comment j'aurais réagi dans une telle situation.

Les flics ouvraient et claquaient des portes. Leurs voix nous parvenaient étouffées. J'en profitais pour appeler la boite pour qu'ils nous envoient une équipe de l'identité judiciaire. Il y avait du taf. Prélèvements biologiques, ramassage et mise sous scellés des éclats de verre, des morceaux d'assiettes, relevé des empreintes au laser lumineux ou au brumisateur. La routine. Puis les deux uniformes revinrent.

- Rien ! dit l'un d'eux. Rien aussi dans la piscine. Tout semble en ordre.

- Il faut aller voir dans le garage aussi, observa Yolande.

Nous les suivîmes. Yolande avait repris des forces et son pas était décidé. L'ascenseur s'ouvrit sur le garage. Il était vaste et vide à l'exception d'une Porche garée à l'écart. Il n'y avait rien de particulier. Tout paraissait en ordre. J'essayai d'ouvrir la portière de la caisse mais c'était fermé.

- Tu sais où sont les clefs ? demandai-je à Yolande.

- Ma sœur tient un endroit dans l'entrée où elle accroche ses trousseaux. Tu veux que j'aille les chercher ?

J'obtempérai. Une couverture à l'arrière de la voiture couvrait une masse informe. Ce n'était pas bon, me dis-je. Yolande avait fait semblant de ne rien voir et elle était remontée dare-dare au

cinquième pour y chercher les clefs. Sans doute pour elle une façon de retarder l'échéance sordide. Elle était flic. Son acuité policière était aussi développée que la mienne. Ce détail n'avait pas pu lui échapper. Elle revint trois minutes plus tard. Je tendis la clef aux agents qui étaient plantés comme deux piquets :
- Vous voulez bien ouvrir et regarder cette couverture ?

J'avais dit ça avec un ton détaché mais l'angoisse était devenue palpable. Yolande s'était raidie. Je m'étais placé à côté d'elle. Maintenant elle savait. Elle avait compris et sa main chercha la mienne et s'y cramponna tandis que l'agent de police retirait la couverture avec précaution. Une chevelure brune apparut en premier. Puis un corps dénudé, martyrisé. C'était Monique, sa sœur et n'était pas un spectacle agréable.

Les constatations officielles

L'équipe de l'identité judiciaire appela du renfort pour travailler sur la Porche. Dans la cuisine ils ramassèrent les débris pour les mettre sous scellés. Dans leurs combinaisons blanches pour ne pas souiller les lieux, avec leurs déplacements au ralenti, leurs gestes mesurés, on aurait dit un balai de fantômes. Dans le garage le cadavre de Monique avait été déplacé. Le médecin légiste l'examinait méticuleusement tandis que les préposés des pompes funèbres attendaient pour conduire le corps à l'institut médico-légal. Les spécialistes de la scientifique caressaient de leurs pinceaux les contours poudrés de la voiture à la recherche d'empreintes. Il était exclu de la passer dans une cuve pour la vaporiser d'or et de zinc. Cela coûtait bonbon et la comptabilité aurait fait la gueule. Quand le corps fut emballé comme un gigot macabre dans une poche plastique, direction le frigo, il ne restait plus que le côté administratif. Mais cela pouvait attendre.

Je raccompagnai Yolande à son hôtel rue Bayard. Je proposai mais sans conviction de partager avec elle un triste repas. Elle préféra monter directement dans sa chambre, sans manger. Avec une bouteille d'eau sous le bras, des cernes grises d'épuisement sous les yeux, le sac à main ouvert et pendouillant, elle disparût dans l'ascenseur derrière deux types cravatés. Je lui fis un signe d'encouragement et tournai les talons.

Nous nous revîmes le lendemain matin à mon burlingue. Elle avait les traits défaits. Elle n'était pas maquillée. Ses cheveux qui hier flottaient sur ses épaules étaient retenus par un chignon mal fagoté. J'avais devant moi une femme perdue. Son visage ravagé par sa nuit de souffrance la rendait encore plus attirante. J'aurais voulu la serrer contre moi. Étais-je en train de tomber amoureux ? Yolande attaqua dans le vif. Un comportement pour combattre la peine. L'action comme palliatif à la perte d'un être proche.

- L'autopsie c'est bien aujourd'hui ? me demanda-t-elle à brûle-pourpoint.

- J'ai téléphoné en arrivant. Ils sont surchargés mais je leur ai dit que la victime était la sœur d'un collègue. Nous aurons un avant-rapport en fin de soirée.

Elle hocha la tête et me demanda :

- Qui se charge de l'enquête ?

- J'ai demandé au substitut que l'on me la confie.

- En attendant nous pourrions faire une enquête de voisinage.

- J'ai déjà mis des gars sur le chantier. Ils sont rue Piat et vont se taper la rue des Envierges. Ils doivent interroger les habitués du parc.

Yolande s'était installée de l'autre côté du bureau. Sur la chaise des visiteurs, une vieille chaise en bois patinée qui en avait vu de toutes les couleurs. Elle avait son manteau rouge. Par contre, dessous, la robe était différente, plus longue, plus sage, plus terne et moins sexy. Le chemiser en coton était assorti. Les boutons étaient fermés jusqu'au cou. Les chaussures avaient changé. Elles étaient sans talons, plus pratiques pour arpenter cette longue journée, pour supporter le poids de ce drame qui l'assaillait.

L'après-midi nous retournâmes sur place pour une deuxième fouille de la maison qui ne nous apprit rien de plus. Dans le quartier personne ne connaissait la victime sinon de vue... La Porche ne passait pas inaperçue.

Le retour à l'hôtel de police fut silencieux. J'en avais gros sur la patate. Ces retrouvailles avec Yolande étaient marinées dans le vinaigre de la mort. Pour crever le silence qui nous écrasait nous nous remîmes à parler. Nous envisageâmes l'hypothèse d'un cambrioleur avec cependant quelques restrictions. Aucun objet ne semblait avoir disparu mais Yolande n'était sûre de rien. Et puis l'assassin s'était acharné avec une rare violence. Il y avait un travailleur du chapeau qui se baladait dans Paris et cela ne présageait rien de bon. Autre solution plus plausible : la victime connaissait son bourreau. Il n'y avait pas d'effraction. Par contre des clefs avaient disparues notamment un trousseau de la Porche. Yolande en était certaine car elle se souvenait du porte-clefs. Il représentait la main de Fatima. Nous nous mîmes à la recherche d'un carnet d'adresses. Mais sans résultat. Ses contacts devaient être sur son ordinateur portable. Celui-ci était parti au labo. La liste d'attente était longue. Il y avait d'autres priorités. Yolande

sur ce point-là, ne fut, non plus, d'aucun secours. Elle me confia qu'elle n'avait jamais vu une tierce personne chez sa sœur lors des séjours qu'elle avait effectués chez elle. Ce qu'elle pouvait affirmer c'était que Monique était une mordue du casino Barrière.
- Elle doit connaître du monde à Enghien-les Bains ! affirma-t-elle.

L'idée était excellente. On récupéra la Citroën et on fila. Sans se l'être formulé on avait éprouvé le même besoin d'action. De bouger. De lever le cul de nos chaises. Il était trop tôt pour se faire le Casino. En attendant je pris la direction de l'Institut Médico-légal. Manière de glaner quelques informations avant le rapport officiel. Mais c'était trop tôt et nous patientâmes une plombe dans la salle d'attente. Assis, face à face, avec nos pâles sourires, nous n'osions plus nous parler, comme si ce putain de couloir était aussi sacré qu'une église sicilienne.
Enfin le toubib se pointa et nous proposa de voir le corps. Il était encore sur la table.
- Tu n'es pas obligée d'y aller ! dis-je d'un ton protecteur.

Elle secoua la tête ; son côté professionnel avait pris le dessus. La salle était glaciale. L'odeur de la faucheuse nous attrapa les narines. Monique reposait sous un drap blanc. Seul son visage, le haut des épaules et de son cou tuméfié, ainsi que ses bras étaient visibles. Yolande, devant ce corps de cire blanche, eut un haut-le cœur. Elle tenta de réprimer le tremblement nerveux de sa main. Une larme perça malgré sa maîtrise. Sa sœur était morte, violée et étranglée. Les blessures au cutter étaient post mortem. Puis elle eut cette réflexion :
- Tiens ! Je n'avais jamais remarqué ce tatouage à l'épaule.

Je la fixai interrogateur mais elle se tut. Ce n'était guère le lieu pour lui poser des questions. Je rongeai mon frein. Toutefois il y avait des moments où l'ampoule de la lucidité se mettait à clignoter dans ma petite tête. Et fait rarissime sans avoir recours à mon piaf. Le cerveau était un ordinateur fou livré à lui-même. Le mien se mit en branle sans que je puisse le freiner.
- Toubib ! Ce tatouage est-il récent ?

- Non ! répondit-il avec une grimace. Je l'ai examiné. Il est assez ancien.

- C'est inouï ! s'exclama encore une fois Yolande. Je ne suis pas aveugle. J'aurais dû le remarquer. Ma sœur avait la manie de se balader en petite tenue chez elle. Nous nous sommes même baignées l'été dernier dans sa piscine, et nues comme des nymphes... C'est visible tout de même !

J'imaginai le tableau des deux nymphes batifolant dans la villa.

- Oui ! dis-je, avec un ton convaincu.

Nous nous regardâmes comme des chiens de faïence sous l'œil vide du médecin qui ne pigeait rien à notre cinoche. Puis nous quittâmes cette pièce froide et lugubre. La morte avait réintégré son tiroir et nous suivîmes le légiste dans son bureau. Yolande posa alors une autre question qui avait l'air d'avoir beaucoup d'importance pour elle. Je perçus la vibration de son angoisse dans le trémolo de sa phrase.

- L'analyse de sang ? Vous l'avez faite ?

- Oui ! Bien sûr...

- Et alors ?

- Non ! Rien de spécial.

- Vous êtes sûr ? renchérit Yolande au bord de la crise de nerf.

- Oui ! Je vous dis oui !

- Ce n'est pas normal !

- Pourquoi ? dit-il en enlevant ses lunettes et se frottant les yeux. Cet homme, maigre comme un clou, nageait d'aisance dans sa blouse de découpeur de barbaque. A force de tripatouiller des cadavres il n'était guère enclin à causer. Il était comme ses clients. D'une froidure à vous foutre le cafard. On devait lui tirer les vers du nez pour qu'il daigne nous répondre. J'étais sur le point de demander un truc qui me turlupinait mais Yolande me devança en poursuivant sur sa lancée.

- Attendez ! Vous dites qu'il n'y a rien ?

- Oui ! confirma-t-il agacé que l'on mette en doute son travail de spécialiste.

- Elle avait le sida. Vous avez fait une recherche dans ce sens ?

Le bonhomme se troubla, se pencha sur son ordinateur. L'on perçut le clic répété de sa souris énervée. Puis se redressant il nous dit, retrouvant son assurance qu'il avait un brin perdue :

- Il n'y a rien qui atteste de sa séropositivité.

- Vous en êtes certain, fis-je, en prenant le relais.

- Certain ! conclut-il sur un ton péremptoire. Sorte de point final à cette discussion qui le fatiguait copieusement.

Je me tournai vers Yolande mais elle s'était refermée. A son expression il était évident qu'elle réfléchissait. Je remerciai le docteur et j'évitai surtout de lui dire de s'activer pour le rapport définitif. Rien ne peut accélérer une procédure administrative. Mais tout pouvait la retarder. Je ménageai donc la susceptibilité de notre ami pour éviter une mauvaise volonté de sa part. Nous regagnâmes la voiture pour tenter d'y voir clair dans ce sac d'embrouilles.

- Monique était malade, me confia Yolande.

Sa voix était crispée.

- Son mari était homosexuel. C'est lui qui lui a refilé le virus. Elle a lutté durant des années contre la maladie avec un régime draconien, refusant le traitement officiel, s'en remettant à sa seule volonté de survivre. Nous en avons longuement parlé. J'étais la seule personne à être au courant de son état. Elle était malheureuse de ne plus avoir de relations amoureuses.

- Et le tatouage... qu'en penses-tu ?

- C'est comme la discussion que j'ai eue avec elle la semaine dernière... Tu sais quand elle a oublié que j'allais venir la voir.

- Ta conclusion ? dis-je.

- L'oubli de ma venue, plus le tatouage que je n'avais jamais vu, plus le sida qu'elle n'a plus, égale : ce cadavre n'est pas Monique. Elle n'est pas ma...

Elle stoppa sa phrase et me regarda avec des yeux de noyée.

- Ce n'est pas possible ! poursuivit-elle

J'enfonçai le clou malgré moi :

113

- Si ! Cela ne peut être que ça ! En toute logique...

Un silence nous plaqua dans nos sièges. Nous avions abouti ensemble à la même conclusion. L'un de nous devait cependant formuler ce qui était si évident. Sans doute parce que cela me touchait le moins je fus celui qui le dit :
- Ce n'est pas Monique mais c'est quand même ta sœur ! Une autre sœur jumelle. Vous étiez des triplées.

La vie policière nous matraquait souvent. Elle nous assénait de sérieux coups, nous poussait dans nos retranchements. Certains tombaient malade, ou au mieux démissionnaient de la police. Il y avait aussi les plus vulnérables qui se suicidaient. D'autres s'endurcissaient se fabriquant un airbag sentimental. Ma copine Yolande était de cette trempe-là. Elle récupéra vite, replongea, escalada un à un les échelons de son raisonnement.
- C'était elle, la surprise... Monique était toute excitée la fois précédente au téléphone. C'est cela ! Elle avait découvert que nous étions trois. C'était ce qu'elle désirait me dire de vive voix.
- Peut-être voulait-elle te la présenter ? dis-je. Cela expliquerait sa présence dans l'appartement. Vivait-elle à Paris ou venait-elle d'ailleurs ?
- Mais alors où se trouve Monique ? Nous avons pourtant fouillé la maison de fond en comble... Je n'y comprends rien.

Nous en restâmes là de nos réflexions et je tournai la clef de contact. La visite que nous fîmes au casino en début de soirée ne donna rien. Oui, le personnel se souvenait d'elle mais sans plus. Nous repartîmes au bureau. Nous avions omis de faire une recherche dans le fichier automatique des empreintes digitales, convaincus de l'identité de la morte. Je dépêchai un lieutenant de s'y coller mais les empreintes de la fausse Monique devaient être dans le rapport de l'autopsie. Nous attendîmes donc avec impatience son retour mais un coup de fil nous signala que le légiste était parti. Le gardien avait un double des clefs mais pas celles du frigo. Allez donc savoir pourquoi ! Peut-être que la hiérarchie pensait que le pauvre type pouvait avoir des velléités d'amusement avec les cadavres ? Il n'était pas question non plus de fouiller dans le bureau du toubib. Nous devions attendre le lendemain.

Dépités nous bouclâmes nos affaires. Je raccompagnai Yolande à son hôtel. Je m'abstins de l'inviter à dîner. Ce fut elle qui prit l'initiative et proposa de prendre un verre. Je garai la voiture à proximité du théâtre de l'Odéon, là où s'était interdit, mais je m'en fichai. Je sortis la plaque police et la mise en évidence sur le pare-brise. Il faisait bon en terrasse.

J'avais essayé d'alimenter la conversation. Yolande était restée taciturne et je n'avais pas insisté. Elle avait siroté son panaché à petites lampées, perdue dans ses pensées. Son verre terminé, à peine avions-nous échangé quelques phrases, qu'elle s'était déjà levée. Elle était harassée. Je repoussai ma chaise à mon tour et lui souhaitai bonne nuit. Elle me sourit tristement, me caressa ma joue mal rasée et me dit :

- Je ne t'embrasse pas... tu piques trop. Salut ! A demain.

Déçu par ce départ prématuré je commandai un autre bière. Je n'avais guère envie de rentrer chez moi et de me retrouver avachi devant la télé.

Le lendemain le soleil et le beau ciel bleu avaient disparu. Les nuages n'étaient jamais loin de Paname. Nous étions mercredi. J'avais un bon nombre d'affaires courantes en retard. Yolande m'avait prévenu qu'elle passerait en début d'après-midi. Elle voulait s'installer dans l'appartement de Monique dès que cela serait possible. Je promis de faire le nécessaire. Elle m'annonça qu'elle avait demandé un congé supplémentaire. La disparition de sa sœur et ce meurtre la perturbaient de plus en plus. Un avis de recherche avait été lancé et Yolande craignait le pire. J'étais sacrément inquiet moi aussi. Mais nous n'avions aucune preuve de son décès, faute de cadavre.

En outre je devais aller chez ma psy. Le mois dernier j'avais sauté un rendez-vous. Un acte manqué, avais-je avoué comme excuse. Je ne pouvais pas lui dire que c'était mon cher piaf qui m'avait conseillé de faire l'école Buissonnière. Elle était restée intraitable, à deux doigts de prévenir mon divisionnaire. J'avais réussi à la faire plier. A condition de me taper une séance de rattrapage aujourd'hui et de raquer le double pour celle-ci. La punition quoi !

C'était vrai que je préférais les putes

C'était vrai que je préférais les putes.

L'oiseau, ce putain d'emplumé, avait toujours raison même si son raisonnement semblait bizarre. Avec ces femmes je n'avais pas besoin de jouer la comédie, ni de séduire, pour aboutir à ce qui nous intéressait, nous les mecs : tirer son coup.

Quand il m'était arrivé de me trouver au lit, avec ma fiancée, je m'étais ennuyé. Dans le manuel d'éducation sexuelle, écrit par un évêque, que ma chère mère m'avait donné rouge comme une tomate de Marmande, lorsqu'elle avait vu que je m'enfermais dans les toilettes, j'avais vainement cherché un paragraphe sur les discours cochons qui accompagnaient la fornication. J'avais des fantasmes. Mais il m'était impossible de les avouer à ma fiancée ou à une jeune fille de la même organisation mentale sans passer pour un tordu. Avec une pute c'était plus facile. On payait. Elle vous taillait une pipe. Ou vous la possédiez. Si l'on voulait plus il suffisait d'allonger le fric. Dans tous les cas, elle demeurait une inconnue, une salope, que l'on baisait et qui se fichait de ce que l'on pouvait lui dire. Le principal étant que l'action devait se dérouler le plus vite possible. Avec ces filles il n'y avait pas de jugement. Les hommes étaient des clients. Ils les utilisaient sans se préoccuper de ce qu'elles pensaient. Des poupées qui calmaient la bête. Voilà ce qu'elles étaient ! Les tenues vulgaires de ces filles me plaisaient énormément. Ni ma mère, ni ma sœur, ni ma fiancée, ni aucune des filles que j'avais connues n'avaient eu l'impudeur d'exposer un jour leurs corps de la sorte. Pas même lors d'une fête carnavalesque C'était donc ça ! J'en étais encore dans ces pensées philosophiques, la main dans le soutien-gorge de Yasmina, quand Juan annonça :
- Je me taperais bien la danseuse !

Je levai le nez. Il était saoul, bien plus atteint que moi. En bousculant la table, titubant il se dirigea vers les musiciens. La bouteille se renversa. Heureusement elle était à moitié vide. Un filet de vin s'échappa et se répandit sur la nappe. De toute façon elle avait subi l'outrage de notre repas et elle était bonne pour la lessive. Cela faisait dix minutes que le spectacle était fini. Juan

parlait aux musiciens, puis il eut un geste désinvolte du bras et disparût derrière le rideau. Fatima profita de son absence pour se refaire une beauté. Juan revint, seul, dépité et de mauvaise humeur. Il régla la note avec des airs de seigneur et nous poussa vers la Mercedes. Un môme en guenille la gardait et réclama quelques dirhams. Juan l'ignora et s'installa au volant. Je vidai vivement mes poches de la monnaie que j'avais et la donnai à l'enfant. Juan me vit faire dans le rétro :
- Que t'es con !

Puis il fit vrombir le moteur d'un brutal coup d'accélérateur. Fatima était montée à l'avant. Je m'installai donc derrière avec Yasmina et avant même que je ne referme la portière la voiture se cabra. Juan était très énervé et je serrai les fesses durant tout le trajet. Yasmina de son côté me coulait des regards inquiets. Par contre Fatima était aussi bien allumée et semblait s'amuser énormément de cette course. La dernière bouteille ils l'avaient éclusée ensemble. Mais Bacchus nous avait à la bonne. Nous arrivâmes sans incident, excepté une embardée et de multiples craquements de vitesse. A priori Juan ne voulait plus aller en boite de nuit. Il était pressé de passer aux choses sérieuses.

Sans trop savoir comment, je m'étais retrouvé allongé dans une chambre, le pantalon, le slip et les chaussures sur la descente de lit. Yasmina, avec l'application d'une experte m'avait pratiqué une fellation et tenté de me faire bander. J'avais eu du mal et je n'étais arrivé à rien à cause de l'alcool ingurgité. Mais à force de patience elle était parvenu à ses fins. Loin de mes théories verbales et grossières, muet comme une carpe, tel un petit lapin fatigué, j'étais parvenu à l'honorer. Plus prosaïquement à me « soulager ». Puis pour ne pas déroger à la règle du mâle dans toute sa splendeur, je m'étais retourné et j'avais sombré dans la béatitude ronflante des ivrognes.
Le réveil fut à la hauteur de la nuit. Je me tenais une bonne gueule de bois. Mes membres étaient engourdis. Je fis du café et retrouvais l'usage de ma forme qu'une heure plus tard. La maison était silencieuse. Je m'habillai et fis un tour dans le jardin, une troisième tasse de café à la main. Le soleil avait entamé son

117

habituel processus de chauffe. Le rebord en béton des fenêtres était déjà brûlant. Je me réfugiai sous le palmier et m'écroulai sur le gazon. Ces dernières quarante-huit heures avaient été riches en événements. Mais ce type me déplaisait. Je n'avais rien à faire avec cet espagnol. Récupérer mon sac, et filer le plus vite possible. Voilà ce qui me restait à faire. Il y avait une gare où je pouvais prendre un train pour Casablanca

Je rentrai dans la villa et tombai sur Yasmina. Elle était assise sur la banquette du salon. Habillée, démaquillée et ses cheveux épais ramassés en un chignon de lendemain de fiesta, ce n'était plus la même fille. J'eus un instant d'hésitation en la voyant ainsi sans ses atours nocturnes. Elle avait relevé la tête à mon entrée et replongé dans le comptage d'une liasse de dirhams sur ses genoux. C'était bien des putes et c'était l'heure de la paye ! Je fis demi-tour et montai récupérer mon sac. Je redescendis, sans avoir aperçu, ni Juan ni Fatima. Ils roupillaient encore. Ce n'était pas étonnant vu ce qu'ils avaient picolé. Dans le salon il n'y avait plus personne. N'ayant plus rien à faire là je me tirai à l'anglaise. Dans la rue il n'y avait pas de circulation et je dus attendre cinq minutes avant d'apercevoir un petit taxi. Je lui fis signe et il s'arrêta.

Le soir même je débarquais à la gare de Casablanca. Avec mon sac, ballotté dans le grouillement des voyageurs, j'avais hésité à revenir chez moi. J'avais pourtant eu le loisir de réfléchir dans le train. J'avais écorné mon statut de gentil garçon. Toutefois j'étais assez fier de mon coup d'éclat à Malaga. Aussi je ne voulais pas en revenant si tôt chez moi montrer ma faiblesse. Il me restait de l'argent et je pouvais continuer ma route.
Mais la chaleur dans les wagons avait été féroce. Aussi l'idée de me coller sous la douche m'assiégeait depuis mon arrivée. Je fis un tour dans la ville sans trop savoir où j'allais. Assommé par la fatigue, la foule, le tintamarre des marchands, je tournai soudain les talons et pris la direction de la maison en me disant que je faisais une bêtise et que j'allais le payer.

Ce fut ma mère qui m'ouvrit. Elle se contenta d'un vif sourire de soulagement. Mon père m'embrassa et me tapa sur l'épaule avec un air de connivence. Je l'avais défié mais j'avais montré du caractère. Cela ne lui déplaisait pas. D'autant que je n'avais guère traîné. Ma sœur me fit une véritable fête et m'entraîna pour que je lui raconte mon odyssée. Le repas fut joyeux. Mais, comme toujours, j'étais en décalage.

Le lendemain je fis la grasse. J'étais retombé dans l'ambiance familiale. Je n'avais plus envie de rien. Mon père était parti très tôt. Ma mère et ma sœur étaient allées au marché avec la petite Fiat. Il ne restait à la maison que la fatma qui s'activait sur son balai et le chien qui dormait à l'ombre de la haie. Je pris une tasse de café et partis la déguster sur la pelouse. Je restais une bonne heure, ainsi, à ne rien foutre, allongé, l'esprit dans le ciel immaculé, vidé de la moindre pensée, entre sommeil et réalité. Peu à peu les idées se remirent en mouvement dans une sorte de vrille que j'eus beaucoup de mal à freiner. Mon avenir était un livre blanc avec un lot de chapitres que je devais écrire. Celui de mes études, de mes relations avec les parents, de mes copains, des filles avec qui j'avais envie de coucher, de ma fiancée qui l'était de moins en moins, de mes révoltes et de mes rêves. La preuve était faite. A peine avais-je eu la force de me soustraire à l'emprise parentale que trois jours plus tard je regagnais le giron comme un petit garçon repentant et soumis. Je me fis horreur mais je ne bougeais pas d'un millimètre. Je restais vautré sur le sol. Soufflant à peine que veux-tu. Je m'apitoyais sur mon sort. Agacé par le ronflement du chien, par les mouches qui tournoyaient autour, je finis par me relever et je réintégrai la fraîcheur de la maison. Ma mère et ma sœur étaient revenues du marché et s'activaient dans la cuisine. Je me fis jeter aussitôt et l'on m'intima l'ordre d'aller ranger le foutoir de ma chambre.
Je partis en traînant les pieds perdu dans ma déprime.
Les journées s'effilochèrent dans un manège familial qui ne cessait de tourner. Des allées et venues qui m'obligèrent à me retrancher derrière mon palmier ou sur la terrasse quand la fournaise de la journée avait cessé.

Un dimanche autour du repas, les commentaires allaient bon

train.

Mes grands-parents étaient venus nous rendre visite. Cette nuit-là j'avais découché. La veille j'avais rencontré dans une boite de nuit une ravissante suédoise, hôtesse de l'air, plus âgée que moi, et qui s'ennuyait ferme. Elle était de passage entre deux vols. J'avais eu la chance de me trouver sur son chemin au bon moment. Cette fille m'avait fait le cadeau royal de se laisser peloter vers les quatre heures du matin et de m'accompagner, au petit jour, pour admirer le lever du soleil. Mon père m'avait passé sa caisse et je l'avais amenée dans une crique déserte que je connaissais. Nous nous étions baignés à poil puis nous avions fait l'amour sur le sable. Ma prestation avait été minable mais elle avait eu la gentillesse de conserver son sourire nordique. Après l'avoir raccompagnée, j'étais arrivé en retard au repas familial qui avait été programmé à midi trente tapante. Le matin la famille s'était rendue à la grande messe de la paroisse des missionnaires où mes vieux avaient leurs habitudes. Il va sans dire que j'avais oublié ce rendez-vous avec Dieu, trop occupé à me complaire dans le vil péché de la chair. Le grand-père paternel était irrité. Lorsque je les avais rejoints la conversation s'était particulièrement mal engagée.

Je me souviens d'avoir baissé la tête, d'avoir fait profil bas, voulant éviter toute altercation. Mon sang bouillait. J'avais avalé mes carottes au cumin sans un mot, m'envoyant, coup sur coup, deux verres de rosé, dans l'attente du rôti. Quand la fatma avait apporté le plat la conversation sur la jeunesse qui s'était délitée avec la salade de tomates aux poivrons, avait repris de plus belle. C'était le grand-père qui avait remis cela sur le tapis. Il était devenu vindicatif depuis qu'il peinait à marcher, à se traîner avec ses cannes. Il n'avait pas eu son lot de reproches gratuits sur cette jeunesse qui n'était plus la sienne. J'en payai les frais. Là-dessus j'entendis cette phrase qui gicla à travers ses lèvres minces et pincées, sous le filtre de sa moustache grise pleine d'intransigeance :

- De toute façon, Marcello tu n'es qu'un irresponsable !

Cette réplique me fit mal. Elle me percuta. Elle toucha au plus profond de ma personnalité, de cette nouvelle fierté d'homme.

D'un homme, je dois préciser madame, grisé par un mélange de rosé, d'amertume et de rage. Comme un fou furieux je me levai en renversant ma chaise. Mon regard se porta sur l'immense plat au centre de la table. Dans une fulgurance échappée de ma rancœur j'empoignai le plat et, faisant quelques pas de côté, je le fracassai de toutes mes forces sur le carrelage blanc. Une volée d'éclats de porcelaine, entachée de purée, fut projetée dans toute la pièce. Le temps suspendit son vol, comme l'avait si bien écrit Lamartine mais pour une autre raison. Je gueulai hystérique avant de m'enfuir :

- Vous avez raison ! Je suis complètement irresponsable. Salut la compagnie.

Dans la rue j'arpentai le trottoir à grandes enjambées, avec les sentiments en marmelade. Après avoir dépassé l'épicerie du quartier, un oiseau vint se poser sur mon épaule. Il me pinça l'oreille et me dit :

- Bravo ! Tu n'as plus besoin de mes conseils pour foutre la merde. Encore une fois bravo !

C'était ce que je redoutais.

De retour de ma séance chez la psy, une info de première tomba sur mon fax. Les empreintes avaient parlé. Le cadavre de l'inconnue trouvée dans l'appartement était celui d'une femme s'appelant Myriam Levasseur. Elle avait été fichée des années auparavant pour utilisation de stupéfiant. Une droguée ! Une association l'avait sortie de cet engrenage. Elle s'était bâtie en Ariège une vie avec des compagnons de son espèce. Je passai un coup de fil à cette association et j'eus la chance de tomber sur une femme sympa qui me mit au jus. Une chance ! A son accent je devinai qu'elle était du sud-ouest. Ces gens avaient investi un village, quasiment en ruine, dans les années soixante-dix. Ces marginaux aux grand cœur, afin d'aider ceux qui avaient perdu pied dans les illusions de la poudre, avaient rafistolé ces maisons délabrées. Au début, sans eau courante, ni électricité, ils avaient réussi à construire une communauté. En pleine nature et loin de tout. Le bonheur sauvage à la soixante-huitarde. Il y avait quelques mois de cela Monique leur avait rendu visite. Cette nana s'en souvenait très bien car elle était en compagnie de Myriam à faire des fromages de chèvre quand Monique avait débarqué avec sa Porche dans le village. Cela avait été un événement. Une si belle caisse garée à côté de leur vieille Peugeot, de leurs vélos et de leurs animaux en liberté. D'apprendre qu'elle avait une sœur jumelle Myriam avait été sacrément chamboulée. Il y avait un mois environ elle avait emprunté du fric et elle était partie. Depuis elle n'était jamais réapparue. Quand cette aimable personne me demanda si j'avais des nouvelles de Myriam je n'eus pas le cœur de lui dire la vérité. Dans la foulée j'appelai la gendarmerie de Lavelanet et leur demandai d'envoyer quelqu'un sur place pour les prévenir du décès de leur amie. Puis de me rencarder au besoin s'ils apprenaient du nouveau. Je raccrochai perplexe. S'il n'y avait pas eu autant de kilomètres j'aurai pris ma caisse et j'y serais allé moi-même.

A treize heures j'allai m'acheter un sandwich et une bière et m'installai sur les quais de la Seine. J'avais besoin de m'aérer. J'avais oublié mon paquet de tabac et cela m'agaça. Sans plus !

Un jour il faudrait bien que j'arrête cette cochonnerie. Mais je n'étais pas encore prêt.

Je retrouvai Yolande au commissariat. Elle était assise sur un coin de mon bureau. Elle portait la jupe courte qu'elle avait le jour de nos retrouvailles et je ne m'en plaignis pas. Je la mise au courant de ce que j'avais appris en son absence. Notamment sur l'identité de sa sœur.

- Elle s'appelait Myriam Levasseur ! On recherche sa famille d'adoption, dis-je.

Yolande profita de cette réflexion pour décroiser ses jambes et remuer son popotin posé sur le bureau. Son déplacement, lent et sensuel, attisa mon imagination. Elle m'expliqua :

- Imagine la scène Marcello ! Monique a retrouvé Myriam et comme elle l'avait fait pour moi elle l'invite à venir à Paris. Sans doute, voulait-elle me faire la surprise. En me présentant ma deuxième...

Elle buta contre le mot. Ne parvenant pas à le prononcer. Je volai aussitôt à son secours.

- Ta deuxième sœur. Elles avaient vraisemblablement prévu de passer quelques jours toutes les deux avant ton arrivée.

- OK ! Elles sont là… Dans cette grande maison à papoter. C'est sûr elles ont tant de choses à se dire.

 - Et, appuyai-je, il se passe quelque chose. L'une disparaît et l'autre est tuée d'une façon atroce.

- Il est concevable, poursuivit Yolande, de penser que Monique connaissait celui qui a assassiné Myriam. On peut supposer qu'il l'a enlevée ensuite. Est-elle encore vivante ? Rien n'est sûr à voir comment l'assassin s'est acharné sur sa victime.

Je laissai Yolande dénouer le fil de son raisonnement. Sa voix s'étranglait.

 - J'ai du mal, dit-elle, à imaginer la scène. Le type est là, avec les deux femmes face à lui. Pour agir de la sorte avec Myriam il a fallu qu'il neutralise Monique d'une manière ou d'une autre. Comment a-t-il fait ? Était-elle liée ou inconsciente ? Comment a-t-il procédé pour ensuite l'enlever ? Possédait-il un véhicule ?

Personne n'a rien remarqué pourtant... L'enquête au casino est une impasse. Le tueur n'a pris aucune précaution et il n'a pas jugé bon d'effacer les traces de son forfait. Il n'est pas fiché et il le sait. L'enquête de voisinage est négative. Nous n'avons rien pour ainsi dire, conclut-elle passablement découragée.

Je soupirai à mon tour. Nous tournions toujours en rond. L'avis de recherche n'avait rien donné. L'enquête risquait de piétiner longtemps.

En fin de journée Yolande eut l'autorisation de s'installer rue Piat. Elle me demanda de l'accompagner pour cette première fois. Chacun dans sa bagnole, elle dans sa Ford et moi dans ma Citroën.

Nous nous suivîmes jusqu'à la résidence. Ce garage c'était le pied pour loger les tires. Dans ce quartier c'était duraille pour stationner. A Paris les garages, mieux qu'une place de parking en plein air, étaient devenus des signes extérieurs de richesse.

Une fois rendu là-haut j'admirai une nouvelle fois le décor ultra-chic et la vue sur les toits de Paname. Yolande me désigna un canapé et me fit signe de m'y installer. Je la regardai tandis qu'elle cherchait des verres dans un meuble en laque de chine qui ne trônait pas loin. Avec un sourire en coin, elle extirpa de son sac à main une bouteille de whisky.

- Je l'ai achetée ce matin. C'est bien ta marque ? plaisanta mon hôtesse.

J'étais ravi. Elle s'en alla et me laissa tout seul dans le séjour. La pièce était impressionnante. Je touchai du doigt ce que pouvait être la vie des riches. Le luxe de la baraque dépassait de loin ce qu'un fonctionnaire pouvait s'offrir. Yolande revenue de la cuisine, lieu sinistre en l'occurrence, posa un bac à glace en argent en forme d'ananas, juste à côté d'un cendrier en cristal de Murano digne de figurer au Louvre.

Elle s'assit de l'autre côté de la table basse, dans un moelleux fauteuil en cuir, assorti au canapé où j'étais vautré. Je dégustai mon whisky à fines gorgées. Yolande s'était servie un verre et curieusement avalait son breuvage sans modération. Soudain nous n'avions plus envie de parler de l'enquête. Un silence pesant se coula au-dessus de nous. L'alcool me décontracta. Par contre il faisait un drôle d'effet sur Yolande. Elle s'enfonçait de plus en plus dans le fauteuil et allongeait ses belles jambes sur la table. Putain ! C'était vrai qu'elle était super bien carrossée pour son âge. Gêné, j'évitai de laisser mon regard concupiscent aller le long de ses cuisses et s'égarer sous sa jupe. La vue sur sa petite culotte noire était imprenable. En était-elle consciente la garce ? Je n'en savais rien et j'étais de plus en plus mal à l'aise. J'aurais voulu lui faire l'amour. Comme d'habitude, je ne savais pas comment m'y prendre. Je la regardai comme pour la boire ou la croquer. Mon éternel problème avec les femmes ! Payer une pute c'était plus facile. Je savais aussi que ce n'était qu'une illusion. Ce que l'on achetait dans ce cas-là ce n'était que solitude et dégoût de soi-même.

Yolande avait maintenant le visage en feu. J'avais le nez dans mon deuxième verre et je l'entendis me dire :
- Bon ! Puisque tu ne te décides pas, allons dans ma chambre. J'ai besoin qu'un homme me fasse l'amour.

C'était ce que je redoutais. Je la suivis en me disant que j'avais intérêt à l'aimer avec tendresse si je ne voulais pas tout gâcher.

Pourquoi m'as-tu tuée ?

Luis se réveilla avec une migraine terrible. Cela faisait une semaine entière qu'il avait été confronté au fantôme. C'était dimanche soir. Il avait eu la journée pour en savoir davantage mais il était resté cloué chez lui par une énorme flemme. Il était sorti pour acheter sa baguette de pain. Puis il avait passé la journée à réfléchir en se bourrant de cachets pour atténuer la douleur qui lui enserrait le front. Quand la nuit était tombée, il s'était couché mais il n'avait pas trouvé le sommeil.

Alors il s'était levé et avait regardé le réveil. C'était une heure du matin. Il n'avait plus mal et il s'installa dans sa cuisine, sur une chaise, dans le noir, à écouter les bruits de la nuit, derrière celui du frigidaire qui fabriquait son froid. La bête se réveilla brusquement et lui signifia de s'habiller et d'aller roder sur les hauteurs de Belleville.

Dehors, la cité Paul Eluard à Bobigny était vide. Une voiture avec quatre gars à l'intérieur passa en trombe dans la rue. Une voiture volée songea-t-il en arpentant rapidement le trottoir. Des voyous ou des types comme lui. Cette pensée le porta à sourire. Il était trop tard pour prendre le métro. Il n'avait plus qu'à se taper les kilomètres à pied. Il l'avait déjà fait plusieurs fois. Une véritable randonnée, deux heures à trois heures de marche forcée. Mais il aimait ça, ces longues plongées dans la nuit jusqu'à épuisement. Il rentrerait au premier métro à cinq heures trente.

Il se perdit et mit une demi-heure de plus que prévu. Quand il se trouva devant la résidence rue Piat il était quatre heures du matin. Il était en nage malgré la fraîcheur de la nuit. Reprenant son souffle il épia les fenêtres du sixième. Durant dix minutes il se demanda si le fantôme était toujours présent. Il ouvrit avec précaution la petite porte de l'entrée avec la clef volée. Il vit la Ford et il eut sa réponse. A côté il y avait aussi la Porche. Il n'y avait aucun bruit. La bête le tenaillait. Il n'avait pas pris sa cagoule, ni son couteau mais il s'en fichait. Avec le fantôme c'était spécial ! Il n'avait pas besoin de se camoufler le visage. Il avait juste à terminer le travail. Encore une fois, pour la troisième fois.

Sous la brusque poussée de son exaltation il prit l'ascenseur et monta au sixième.

Yolande ne connaissait pas correctement le fonctionnement de ce vaste appartement. Elle avait oublié d'éteindre la piscine qui diffusait une lueur turquoise dans le salon. Elle avait passé plus de deux heures en compagnie de Marcello mais il n'avait pas voulu rester pour la nuit prétextant qu'il n'avait pas de chemise de rechange. Elle n'avait donc pas insisté. Ensuite elle était descendue avec lui jusqu'au garage. Elle l'avait embrassé avant qu'il ne monte dans sa voiture. La Citroën dehors elle avait refermé la porte et elle était remontée. Elle avait croqué une pomme. Puis elle avait rejoint sa chambre, celle que sa sœur lui donnait quand elle venait lui rendre visite. Elle avait branché la télé et s'était endormie une heure plus tard.

Luis connaissait les lieux. Le luxe de l'appartement jouait en sa faveur. L'ascenseur était absolument silencieux. Les morceaux de clarté que la lune expédiait du haut de son perchoir, dans la trouée noire des nuages, lui permirent de se mouvoir aisément. La dernière fois qu'il avait agi ainsi il s'était mis nu. Cette fois-ci la bête était juste en colère. Une colère froide où le sexe était absent. On ne jouait pas avec un fantôme. On le combattait pour en finir avec la peur.

Devant la porte de la chambre il hésita à peine. Il posa la main sur la poignée et entra brusquement. Il savait que l'interrupteur était à droite et il alluma faisant disparaître l'obscurité au profit d'une lumière aveuglante. Il n'y avait personne. Cela le surprit et le décontenança. Vivement il éteignit. Il écouta mais rien n'avait bougé. Sur la pointe des pieds il pénétra ensuite dans la chambre suivante. Elle était vide elle aussi. Soudain il tendit l'oreille car un gémissement s'était échappé d'une porte au fond du couloir. Une chambre donnant sur le parc. A pas de loup il s'approcha. Il perçut une respiration et le crissement d'un drap. Quelqu'un s'agitait dans un lit. Quelqu'un qui avait du mal à dormir. C'était le fantôme. Il chercha l'interrupteur à tâtons. Quand son majeur le trouva un flot d'adrénaline le submergea. Il n'eut aucune hésitation. La lumière jaillit.

Yolande se réveilla soudain. Elle se redressa instantanément. La mine défaite, les paupières alourdies, les yeux égarés d'effroi, elle vit l'homme. Elle était en veste de pyjama et ses cheveux bruns décoiffés épars sur ses épaules lui donnaient un air encore plus ahuri. Elle était comme assommée prisonnière encore des limbes d'un cauchemar. Malheureusement ce n'était pas ça. Un inconnu se tenait bel et bien devant elle. Il était menaçant.
- C'est encore moi salope !

Le ton et la formulation de cette entame annulèrent la peur monumentale qui l'avait submergée. Elle sut immédiatement que le tueur se tenait en face d'elle. Elle eut le bon réflexe, celui du flic, jugulant la panique. Elle ne devait pas se tromper sur sa réponse. L'attitude à prendre devant ce type, prêt à tout, était cruciale. Ne pas montrer une faiblesse quelconque. Ce type de prédateur se nourrissait de la peur de ses victimes. Ce n'était pas cette appellation machiste de « salope » qui retint son attention mais le mot « encore » qui lui fit entrevoir un début d'éclaircissement sur l'affaire. Ce mot laissait supposer qu'il la prenait pour une de ses deux sœurs. Précisément pour Monique car il était censé avoir tué Myriam.
- Oui ! C'est moi Monique.

Il ricana avec des éclats de fer dans la voix. Ses yeux étaient ronds, injectés de peur et de détermination.
- Tu es son fantôme salope !

Là encore elle retint le mot « fantôme » et comprit aussitôt ce que cela malheureusement sous-entendait. S'il croyait qu'elle était celui de sa sœur c'était que ce type savait qu'elle était décédée. Elle tenta une réponse pour en savoir davantage tout en regrettant d'avoir laissé son arme de service à la Rochelle :
- Pourquoi m'as-tu tuée ?

L'inconnu la fixait en se taisant. Durant ce bref répit, assise dans son lit, le drap remonté sur sa poitrine, elle l'observa avec attention. L'inconnu aurait pu être un homme avec une belle prestance. Mais dans cette situation il apparût particulièrement repoussant. Avec un long visage blafard aux traits creusés et sombres, avec des joues pointillées d'une barbe naissante, des cheveux gris hirsutes sous l'effet d'une gomina de plusieurs jours, elle lui donnait une cinquantaine fatiguée. Il avait le type méditerranéen et elle le qualifia d'ibérique. Pourtant dans le peu de paroles qu'elle avait entendu il n'y avait aucun accent. Il avait un pantalon anthracite, une ceinture à boucle argentée, une chemise grise unie avec le col ouvert et par-dessus un gilet noir à fermeture éclair, et griffé Cardin. Ses chaussures noires mal cirées semblaient être d'une excellente qualité. De toute évidence le tueur s'habillait avec des vêtements classiques et d'une excellente texture. Yolande, en quelques secondes avait emmagasiné ces indices. Il se décida à répondre :

- Ce n'est pas moi c'est la bête qui me l'a ordonné.

Puis il cessa de parler et attendit une réponse. Soudain elle réalisa que le type n'était pas armé. Il se tenait droit, légèrement fléchi sur sa jambe gauche, la droite en arrière, les mains le long du corps. Tout montrait dans ce comportement l'homme sur le point de bondir. Du coup elle n'osait plus bouger. Elle opta pour une troisième réponse. A priori les mots semblaient avoir un effet sur lui.

- C'est donc elle qui t'a dit de me violer et de me déchirer le ventre ?
- Oui ! C'est elle...

En disant cela il avait presque crié. Son torse et ses épaules avaient eut un soubresaut. Elle crut qu'il allait se jeter sur elle. Mais les jambes n'avaient pas bougé. Elle poursuivit :
- La bête te commande de faire souvent ces choses-là ?

Luis flaira un piège et chercha une réponse appropriée :
- Non ! D'habitude elle ne réclame que du sexe mais pour toi c'est spécial. Elle a voulu plus.

Il suspendit sa phrase puis il reprit :

129

- Elle a voulu voir du rouge sur le ventre. Sur ton ventre...
- C'est pour cette raison qu'après le sexe tu m'as fait ça. Tu as fait couler mon sang pour le regarder couler ?
- Oui la première fois c'était comme ça !
- Ah ! laissa échapper Yolande qui capta aussitôt ce que cela voulait dire.

Tremblante, redoutant ce qu'il allait ajouter, elle dit :
- Et la deuxième fois ?
- Tu es revenue et tu étais toujours vivante ! Moi je ne voulais pas mais la bête a voulu finir le travail. Et j'ai recommencé !
- Dans la cuisine c'est ça ?
- Oui dans la cuisine, avoua-t-il dans un souffle.
- Et l'autre fois c'était quand ?

Luis se redressa et fit un pas en avant. D'un ton étonné et de nouveau agressif il demanda :
- Tu ne t'en souviens pas salope ?
- J'ai beau être un fantôme j'ai un peu perdu la notion du temps. Ce n'est pas banal ce qui m'arrive.

Elle regretta d'avoir dit cela. C'était difficile à avaler. Mais le tueur était déjanté. Il souffrait visiblement d'un dédoublement de personnalité, avec toutefois un semblant de lucidité qui expliquait ses hésitations. Parler était l'unique échappatoire.
- C'était où l'autre fois ?
- Dehors ! Au bord de la piscine. Je t'ai baisé puis je t'ai enfoncé le couteau dans le ventre. Ensuite je t'ai balancé dans l'eau. Comment t'as fait pour t'en sortir et recoudre si vite ton ventre de pute ?

A ce stade de la discussion, ou plutôt de cet échange verbal, Yolande hésitait entre deux attitudes. Abonder dans son sens, dans ce délire, ou assener la vérité. Cela pouvait le déconnecter ou provoquer au contraire sa fureur. Elle n'avait qu'un laps de temps de quelques secondes pour se décider. Quant à se lever du lit pour une tentative de fuite elle se maudit de n'avoir enfilé que le haut de son pyjama. La bête pouvait avoir envie d'elle en la voyant ainsi dénudée du bas. Elle opta pour la vérité :

- La bête s'est trompée ! dit-elle d'une voix à peine assurée.

- Quoi ?

- Je dis que la bête s'est trompée. Je ne suis pas un fantôme. Au bord de la piscine c'était Monique, ma sœur. Et dans la cuisine ma deuxième sœur Myriam. Nous étions des triplées... Et tu as bien tué les deux. Moi je m'appelle Yolande et je suis flic.

Luis se pétrifia. Il crut qu'elle mentait mais les mots firent leur chemin. Il avança jusqu'au bord du lit. Avant que Yolande esquisse un geste de recul il l'empoigna par les cheveux et tira sa tête en arrière. Sous l'effet de cette prise violente le drap glissa. Les boutons du pyjama cédèrent. Luis huma ce mélange de parfum, de peur et de sommeil. La bête glissa une main brutale dans l'échancrure et pétrit sans ménagement les seins ainsi offerts.

- Répète ça ! Sale vicieuse !

- Je... je suis commissaire, parvint à balbutier Yolande, le cou toujours tendu à l'extrême, au risque d'avoir la nuque brisée. Là... regarde dans le sac à main ! Il y a mes papiers et ma carte tricolore.

Il la lâcha aussitôt et se précipita sur le sac qui était posé sur une chaise. Il le retourna et le vida sur le plancher. Il eut tôt fait de trouver la carte qu'il regarda avec insistance en oubliant de surveiller le lit. Yolande en profita pour se lever prestement et sortir de la chambre. Elle y parvint et gagna le couloir. La main du tueur avait frôlé sa taille. Elle voulut fuir, courir, mais il la rattrapa et il la plaqua durement contre la cloison. Son visage contre le sien, écrasée par son corps, elle respira le souffle de son haleine. Elle fut déconcertée par le parfum agréable qui émanait de ce salaud. Elle crut qu'il allait la frapper mais il relâcha son étreinte.

- Calme-toi salope ! Calme-toi !

- Oui ! Je me calme, parvint-elle à répéter.

- Je veux comprendre ! Tu dis que c'était des sœurs à toi ?

- Monique et Myriam ! Oui...oui !

- Où sont les corps ?

131

Yolande retrouva quelque peu ses moyens. Elle se dégagea de l'emprise de Luis, oubliant sa tenue, et répondit :

- Nous avons découvert Myriam dans la Porche et elle est à la morgue. Mais nous ne savons pas où se trouve Monique. Tu dis que tu as balancé son corps dans la piscine ? Là tu racontes des conneries !

Luis se rebiffa.

- Ferme-la connasse ! Si je te dis que je l'ai foutue à l'eau tu te tais et tu me dis, toi, où vous l'avez planquée. Vous avez fait ça pour me piéger ! Allez dis-moi et... je ne tue pas !

Yolande avala péniblement sa salive. L'angoisse nouait sa gorge. Elle ne trouvait pas d'issue. Elle allait crever des mains de ce fou. La maison était vaste. Elle pouvait hurler. Personne ne l'entendrait. Ils étaient au fond de la nuit. Cet homme pouvait jouer avec elle durant des heures comme un chat avec un lézard. Parler... encore parler ! Il n'y avait que ça pouvant surseoir à son trépas.

- Si ce n'est pas toi qui as caché Monique, ce n'est pas la police non plus. Qui alors ?

Il la regarda bizarrement. Il ne savait plus quoi faire. Rien ne se passait comme il l'avait prévu. Sa pulsion meurtrière était tombée. La bête, encore une fois, le laissait se débrouiller tout seul. S'il fuyait, la femme alerterait ses collègues. Ils auraient vite fait de lui passer les menottes. La solution était de la supprimer, sans fioriture, vite fait bien fait et de se barrer de cette foutue baraque. Mais il ne s'en sentait plus la force. Il était perdu. Il n'y avait plus qu'une façon de procéder : cette pute devait l'accompagner chez lui ou ailleurs. Il devait la planquer, la soustraire au nez des autres, pour se donner du temps, pour attendre les directives de la bête. Sans sa présence il n'était qu'un lâche.

Il lui ordonna d'enfiler un pantalon puis la bousculant, la malmenant en la poussant par le dos, lui tordant les bras, il lui fit dévaler les escaliers et la conduisit à la cuisine. Yolande était brisée. Elle n'avait pas la force de lutter. Au cours de sa carrière professionnelle elle avait eu l'occasion de suivre des stages d'autodéfense. Mais dans la réalité elle n'avait jamais été dans une situation pareille. C'est à dire seule, livrée à un homme costaud et déterminé. Elle avait aussi souvent participé à des opérations de police mais elle s'était jamais retrouvée isolée totalement comme cette nuit.

L'homme ouvrit un tiroir, il fouilla et trouva ce qu'il cherchait. Elle le vit avec horreur qui s'emparait d'un couteau à pain. Sur le point de défaillir, s'armant de courage, elle osa le questionner à ce sujet :
- Qu'est-ce que tu vas faire avec ça ?

Il ricana. Et se croyant malin et plein d'esprit il répondit :
- T'occupe ! C'est si jamais on nous attaque.

Puis il ajouta :
- Où sont les clefs de ta voiture ?
- A l'entrée sur la petite table !
- C'est bon ! Allons-y.
- Où...où va-t-on ?
- Tu le verras bien salope !

Il la bouscula encore brutalement et Yolande faillit perdre l'équilibre. Ses nerfs lâchèrent. Quelques sanglots entachés de larmes eurent raison de son courage. Il n'avait aucune raison de l'épargner. Cet immense salaud avait tué ses pauvres sœurs. Son sort était scellé mais ce n'était pas pour tout de suite.
La rue Piat était déserte. L'homme lui intima l'ordre de prendre le volant. Il s'installa à côté d'elle et lui pointa le couteau dans la taille.
- Si tu fais la conne je l'enfonce ! Tiens-le-toi pour dit.

Elle démarra avec difficulté, calant par deux fois, mais parvint à manœuvrer pour sortir du garage. Là-haut l'appartement était resté allumé. Yolande s'engagea dans la rue laissant la porte du garage ouverte et prit la direction du boulevard. Elle conduisit prudemment. Luis la guida : « à droite, à gauche, après le feu, plus loin, à droite maintenant, encore à gauche, puis tout droit, attention, bientôt, là... ». Une multitude de mots et de consignes où elle s'enfonça peu à peu. Sa conduite devint automatique. Son corps ne lui obéissait plus. Son cerveau était figé dans une pensée unique : elle s'en allait vers la souffrance et vers la mort.

Lorsqu'ils furent arrivés à destination Luis la fit pénétrer dans un parking en sous-sol, sous un immeuble. Le sien. Il logeait dans un minable appartement depuis des années. Il n'avait pas de voiture. Aussi son propriétaire louait à quelqu'un d'autre son emplacement moyennant une baisse de loyer. Mais au fond du parking, il y avait une place. Celle d'une vieille qui s'était faite piquer son véhicule par son fils sous prétexte qu'elle était trop âgée pour conduire. La place était donc libre. Personne ne viendrait lui dire de l'ôter. Le fils en question vivait à Toulon.
Luis tira Yolande hors de la voiture. Il s'empara de sa main et elle le suivit telle une somnambule. Elle n'avait plus la force de résister, ni d'appeler à l'aide. A cette heure tardive de la nuit, il n'y avait personne pour voler à son secours. Et quand bien même s'il y avait eu quelqu'un, elle ne se faisait aucune illusion sur le courage de ses concitoyens, la nuit, dans un parking souterrain, dans une cité de banlieue.

L'ascenseur les monta rapidement jusqu'au dixième étage. Le visage émacié de son kidnappeur, éclairé par le halo blafard de la veilleuse, était tout proche du sien. Ce fut alors que Yolande le reconnut. Ce type c'était celui qui lui avait parlé dans la rue. Cela ne changeait rien. Elle était prisonnière, son esclave. Elle s'attendait au pire. Il fouilla dans ses poches, en sortit une clef, une seule, avec une ficelle rouge qui tenait lieu de porte-clefs. Elle se sentit poussée violemment.
Elle était dans l'antre de l'ogre. Dans le puits de l'enfer.

Mon petit oiseau me l'a dit

Le commissaire Visconti s'était arrêté une centaine de mètres plus loin. Pour accrocher sa ceinture de sécurité et se rouler une cigarette. Il avait regardé sa Seiko. Il était deux heures du mat et il était flagada. D'un autre côté il savait qu'une fois couché, il ne trouverait pas le sommeil de sitôt. Il avait branché la radio et avait rejoint le périphérique. Il habitait au nord de Paris, dans un vieil immeuble en face d'un bras de Seine oublié.

Le sentiment amoureux est douloureux. Il te tombe dessus sans y être invité. Il te frappe et cela fait mal. C'est une maladie bizarre, foudroyante. Et lorsqu' une séparation a lieu, la douleur est décuplée par le temps où la porte du cœur est restée fermée. Mais ceux qui aiment à tout bout de champ sont par contre immunisés et lorsque leur histoire se termine ils ne ressentent qu'une simple égratignure.

Depuis mon divorce, je faisais davantage partie de la première catégorie. Aussi ce matin, enfermé dans mon burlingue, je ne cessais de me rabâcher que je n'étais pas amoureux de Yolande. De toute façon elle allait bientôt repartir à la Rochelle.

Je passais la matinée à me taper de la paperasse. A chaque sonnerie du téléphone je souhaitais que ce fût-elle... A midi et demi quelques collègues partirent déjeuner à la cantine du coin, un petit restaurant tunisien qui faisait le couscous le jeudi. Je déclinai l'invitation et sortis en prétextant une course en ville. Dix minutes plus tard je craquai... Je sautai dans la bagnole rejoindre Yolande. En guise de repas nous pourrions, pensai-je, peut-être remettre le couvert.

Entre midi et deux la circulation était relativement fluide. Je me garai à cheval sur le trottoir. Le pare-soleil rabattu afficha le mot « police ». Au cas où la municipale passerait m'aligner. La porte du garage était relevée. La Ford n'y était plus. Je jetai un coup œil surpris à l'intérieur. Yolande était partie en laissant tout ouvert ? Cela me paraissait curieux. J'entrai hésitant. Je pris le portable et fis son numéro. Je tombai sur sa messagerie. Avisant l'ascenseur je décidai alors d'explorer l'appartement. La plupart des flics, c'était bien connu, voyaient tout en noir. Aussi commençais-je à ressentir un peu d'inquiétude. Dans le séjour, dans la cuisine, je ne constatai rien d'anormal. Yolande n'y était pas. J'inspectai le reste de l'appartement puis je terminai par les chambres. Devant celle de nos ébats amoureux je restai pétrifié. Le lit était défait et sur la descente de lit c'était le bordel. Son téléphone gisait, éclaté, entouré d'objets. Ceux d'un sac à main qui traînait à quelques pas du lit.

- Merde ! Je me dis...

Je sortis précipitamment dans la rue. Mon premier réflexe fut de parcourir les rues adjacentes dans l'espoir qu'elle serait sortie juste pour une course. Mais je me ravisai. C'était peine perdue. Je subodorai quelque chose de plus grave... Je contactai mes lieutenants qui devaient se gaver de couscous. Je les mis au courant, et les incitai d'abréger leur repas et de me rejoindre au plus vite. Avec tout le tintouin pour relever des indices. Pendant ce temps je remontai là-haut et passai au peigne fin la chambre. Sur la table de nuit il y avait sa montre. Je l'avais toujours vue à son poignet. Ce n'était pas normal qu'elle l'ait oubliée. Cela confirmait mon trouble. J'étais maintenant vachement inquiet. Sachant tout ce qui s'était passé dans cette maison la trouille s'installa dans mes boyaux. Nous avions été imprudents. D'une imprudence folle. Pourquoi le tueur ne serait-il pas revenu ? L'hypothèse me coupa les jambes. Notre état de flic nous fait-il croire que nous sommes invulnérables ? Putain ! Nous avions oublié qu'il manquait un trousseau de clefs. Quand le serrurier avait posé la serrure du garage nous avons complètement zappé de lui faire changer aussi celle de la porte à côté. Je descendis dans le séjour. La bouteille de scotch était encore sur la table ainsi que nos deux verres de la veille. J'avais besoin d'un coup de fouet pour me remettre en selle.

Au plus profond de l'action parfois des pensées subversives viennent vous polluer. En me saisissant de la bouteille je pensai à l'organisation de cette bicoque immense. Chaque meuble, chaque bibelot collait d'une manière immuable à la place qui lui était attribuée. Le rangement ce n'était pas ma tasse de thé. Chez moi c'était le foutoir. Si j'avais l'intelligence de remettre les objets à leur place après leur utilisation mon intérieur ne ressemblerait pas à une œuvre surréaliste. Je reposai mon verre sur la table.

De toute façon ce n'était guère le moment de faire du ménage. L'alcool m'avait brûlé l'œsophage mais il m'avait délivré le cerveau. C'était le but recherché.

Hormis le désordre du sac renversé il y avait peu de traces dans la maison. Toutes les portes étaient ouvertes. Il n'y avait pas eu d'effraction et cela confirmait bien l'utilisation des clefs. Nous lançâmes le dispositif d'alerte pour les personnes disparues. La Ford fut activement recherchée. Comme il n'y avait plus rien à faire sur place, en milieu d'après-midi, les scellés furent posés et la clique s'en retourna. Je restai seul pour en griller une sur le trottoir avant de remonter dans ma voiture toujours garée sur le trottoir en face.

Soudain un trait noir jaillit dans le ciel laiteux. Un vol. On aurait dit un moineau, un titi parisien. Il avait traversé mon champ de vision et il était allé se poser sur la pancarte « A louer » accroché, à la façade. C'était mon piaf. Je me précipitai. Le bruissement du vent dans les feuilles des haies se mêlait au brouhaha de la ville qui nous parvenait sur un fond sonore de klaxons avec parfois le miaulement aigu d'un train saluant son arrivée en gare.

- Salut mon cher commissaire !
- Salut ! rétorquai-je avec amabilité. Quoi de neuf l'oiseau ?

Ma psychologue affirmait que je parlais tout seul. Mais l'oiseau était réel en ce qui me concernait. Même s'il changeait souvent d'aspect. Il arborait souvent un plumeau sur la tête ce qui lui donnait son petit air si distingué. A croire cette toquée diplômée j'avais donc des visions. Mais je m'en tapais le coquillard !

Une voiture soudain déboucha dans la rue. Sa vitesse était excessive.

- Quel con ! Il ne peut pas rouler plus vite.

Le piaf avait tourné la tête au moment du passage de la Golf. Puis ses yeux ronds cerclés d'un duvet jaune vif pivotèrent vers moi.

- Et ton enquête ça avance ?
- Tu te fiches de moi ? Toi qui sais tout, tu sais très bien que ma collègue a disparu...
- Tu l'as baisée... alors tu pourrais au moins dire : « petite amie ». Quoique le mot « petite » à ton âge est plutôt déplacé.
- Arrête de finasser ! Bon ça va ! On a couché et alors ? Nous sommes célibataires et vaccinés !

Le moineau soudain, avec un bref battement d'aile, un froufrou de soie et d'air, s'envola et me tourna autour. Depuis longtemps j'étais habitué à ces facéties. Cela ne m'énervait presque plus. En général il finissait par se poser quelque part. Souvent sur mon épaule. Je cachai mon impatience. Je me doutai qu'il avait quelque chose d'important à me confier au sujet de l'enquête. Depuis des décennies c'était ainsi. Je lui devais mes succès professionnels. Pour ne pas dire tous.
- Alors ?
- Alors quoi ? me répondit-il en frottant son bec sur le lobe de mon oreille.
- Tu veux que je te dise que j'ai besoin de toi. Que j'ai le cul dans le sac et que je ne sais pas m'en sortir. Je dois nourrir ta petite vanité de volatile de luxe, de Sherlock Holmes à plumes !
- Qu'est-ce que tu lis sur la pancarte ?

Sa réponse me surprit et ce n'était pas la première fois. J'avais brusquement haussé les épaules et ce mouvement gêna Édith ! Oui ! Il m'arrivait de l'appeler comme ça. En outre je ne savais pas s'il était mâle ou femelle. A vivre à ses côtés très tôt je m'étais rencardé sur les habitudes des oiseaux. J'avais même acheté un guide assez complet que je consultais régulièrement. Son dimorphisme sexuel n'était pas évident chez lui. Son aspect passait d'une espèce à une autre avec beaucoup de fantaisie si je pouvais en juger. Il n'avait jamais voulu me répondre à ce sujet. Cet imbécile de piaf m'avait dit qu'il était hermaphrodite. Alors pour me venger, ce jour-là, pensant le faire réagir je l'avais appelé Édith comme la chanteuse. Mais c'était resté sans effet. Je répondis toutefois :

138

- Ben... Je lis « T2 à louer ».
- Et ça t'inspire quoi ?
- Que c'est à louer ! dis-je de la manière la plus bête qui soit.

Je me fis engueuler et sur le coup Édith avait raison. J'étais à côté de mes pompes. Je me ressaisis en fronçant les sourcils au risque de me faire une nouvelle ride. Je répliquai :

-Tu insinues que je devrais creuser dans cette direction. Voyons voir ! L'appartement est vide et il y a une agence immobilière sur le coup. Il existe donc et depuis quelques temps un certain trafic lié à de futurs locataires. C'est cela mon pote ? Des clients pourraient avoir vu quelque chose d'anormal. Personne n'a eu l'idée d'interroger encore ces gens-là, ni même les employés de l'agence.

- Bravo ! Que te reste-t-il donc à faire pour être toujours au top, être le patron, celui qui devine tout avant ses subalternes ?
- Arrête ! Tu en fais trop.
- Réponds-moi ! insista l'oiseau. Que dois-tu faire maintenant ?
- Me rendre à l'agence ?
- Oui mais plus rapide.
- Téléphoner puisqu'il y a le numéro sur la pancarte.!
- Et voilà ! Dépêche-toi. Yolande a besoin de toi.
- Elle est vivante ? demandai-je plein d'angoisse. Dis-moi... toi qui sais tout ?

Ce con d'oiseau me sidéra par sa répartie :

- Comment puis-je avoir une telle information puisque je suis toi. C'est bien ce que t'a expliqué ta psychologue ? Que je suis une pure émanation de ton inconscient. Va savoir ! Elle a peut- être raison... Mais, dans ce cas, la réponse est dans le vent de ton imagination. Bon ! Là-dessus je m'en vais. J'ai d'autres chats à fouetter. Qu'est-ce que tu crois ? Que tu es le seul à bénéficier de mes faveurs.
- Euh...non ! Non !
- Allez ! Grouille mon petit commissaire.

L'emplumé sauta de mon épaule et je le regardai s'envoler. Il faillit se foutre sous le pare-chocs d'une Fiat Punto qui passait dans la rue. Puis il fonça vers le parc.

Je me saisis de mon portable et fis immédiatement le numéro de l'agence. Une voix de jeune femme me répondit. Je fis le malin et l'embrouillai en faisant croire que j'étais un client intéressé. Elle m'assura qu'elle était à deux pas et qu'elle arrivait dans cinq minutes. Si je lui avais dévoilé mon état de policier elle m'aurait répondu qu'elle était débordée. Je n'aurais eu d'autre solution que de convoquer la donzelle au commissariat pour le soir ou le lendemain. Donc perte de temps !

Et de ce temps-là, j'en manquais cruellement.

Vingt minutes plus tard une Smart se pointa sur les chapeaux de roues et grimpa sans ménagement pour les pneus sur le trottoir. La portière s'ouvrit sur une nénette pimpante. A mon avis la commerciale arrivait d'un séjour chez les bronzés. Là où le soleil brillait. Elle balançait au bout d'un bras dénudé serti d'un bracelet doré et tapageur une serviette chocolat de chez Vuitton. La blondinette s'avança avec un sourire Colgate. Elle me tendit une main molle que je serrai par convenance et de l'autre je lui montrai ma carte de police. Elle ne comprit pas. Aussi je lui expliquai sans prendre des gants :

- Vous avez fait visiter cet appartement souvent ?
- Quatre ou cinq fois ! Pas plus. Pourquoi ?

Je pouvais ne rien lui dire mais j'eus envie de le lui gâcher son après-midi pour m'avoir fait attendre.

- Il y a eu un meurtre en face, dans cette maison-là. Une femme a été violée et tuée.

La commerciale blêmit. En une phrase vicelarde je l'avais faite passer de son monde de l'immobilier au mien plus sordide et plus glauque. J'enfonçai le clou :

- Peut-être un de vos clients a-t-il vu le tueur ? Ou vous-même avez-vous aperçu quelque chose d'anormal ?

Sous le coup de l'émotion la jeunette s'adossa à la portière de sa voiture. Elle réfléchit en plissant le bout de son ravissant nez. Puis subitement elle s'accroupit sur les talons et farfouilla dans

son cartable qu'elle avait posé sur le sol. Les commerciaux ont un outil précieux pour nous policiers : leur agenda. Le sien était noirci de rendez-vous. Les pages volèrent en avant puis en arrière. Elle cherchait dans ses gribouillis les noms de ceux qui pouvaient m'intéresser. Pour l'aider je lui dis :
- Commençons par le dernier rendez-vous que vous avez eu ?

Elle arrêta de tourner les pages et me dit :
- Celui-là je m'en souviens bien. Il m'a attendu une heure... Je voulais lui donner un autre rendez-vous mais il a insisté pour m'attendre. D'habitude c'est le contraire ! Les gens n'aiment pas patienter.

Je rétorquai avec un petit sourire moqueur :
- Là ! Je suis d'accord avec vous, très chère demoiselle.

Elle me dévisagea mi-figue, mi-raisin. Elle avait compris à mon ton que je me fichais d'elle mais elle poursuivit :
- C'était un type bizarre... Nous avons visité l'appartement et il m'a posé des tas de questions. Presque trop si vous voyez ce que je veux dire. J'ai eu l'impression que ce n'était pas sérieux. Après je lui ai demandé ses coordonnées pour le rappeler et il s'est fait prier.
- Vous les avez ?
- Oui ! Mais elles sont fausses et le numéro de téléphone aussi.
- Comment vous le savez ?
- Dans mon métier on relance toujours les clients. Je l'ai fait le lendemain mais le numéro du portable était faux ! Je suis tombé sur une personne qui n'avait rien à voir avec lui.
- Vous vous êtes trompée sans doute ?
- Ah non ! Je fais très attention à ce que je note. Surtout les numéros de téléphone ou les adresses mail, pour le boulot c'est primordial.
- Et l'adresse vous l'avez ?
- Je suis sûre qu'elle est fausse aussi ?
- Et pourquoi ?

La donzelle pris alors des airs de conspiratrice. Elle me dit :

141

- Je n'ai pas l'air comme ça mais je suis loin d'être une conne...
- Je n'en doute pas, répondis-je aimablement, sur le point de la secouer comme un prunier pour qu'elle me dise pourquoi.
- Il m'a donné une adresse sur Lyon en me disant qu'il habitait là-bas et qu'il était muté sur Paris alors que je le connais depuis des années.
- Quoi ?
- Oui ! Je connais ce gars. Je sais où il travaille.

Je n'en revenais pas et je bénis l'oiseau ou mon intuition. Je ne savais plus quoi penser. Avant de consulter la psychologue ma vie était simple. Il y avait moi et le piaf. Tout autour le monde avec ses emmerdements. La vie me paraissait plus acceptable. Aujourd'hui, paraît-il, Edith et ses conseils n'étaient que des hallucinations. La mère Avril qui voulait faire du rangement dans mon esprit en avait décidé ainsi. Mais putain j'étais bien avec mon piaf ! Pourquoi cela enquiquinait-il tant de monde ? Qu'on me foute la paix !
Je posai la question suivante puisque la suite tardait à venir :
- Et il travaille où cet olibrius ?
Alors la belle me montra sa menotte et ce n'était pas pour que je lui fasse le baise main.
- Regardez ! Je suis mariée.

En effet elle portait une belle alliance or et argent.
- Vvoui... dis-je perplexe en voulant comprendre et qu'elle aille plus vite dans ses explications. Car je sentais que je touchais au but.
- Il y a quatre ans je me suis mariée. Pour la noce mon fiancé s'est offert un costume dans une très chic boutique boulevard des Italiens. Nous y sommes allés trois fois pour les essayages. C'est le patron qui s'est occupé de nous mais il y avait aussi un autre vendeur qui était visiblement son souffre-douleur. L'année dernière nous y sommes revenus pour acheter des pantalons. Le vendeur était toujours là. C'est lui qui nous a servi. Quand il est venu visiter le T2 je ne l'ai pas remis tout de suite. Souvent, on ne reconnaît pas les gens quand ils sont hors de leur contexte. Mais ce visage m'a travaillé et ça m'est revenu plus tard. Voilà,

vous savez tout.

- Le nom de la boutique ?

- Le Best

- Très bien ! Vous allez m'y accompagner. J'ai besoin que vous me l'identifiiez. Quelle heure est-il ?

- Dix-huit heures vingt.

- Bon ! En se dépêchant nous avons le temps.

- Mais j'ai un autre rendez-vous ! dit-elle implorante.

- Décommandez ma jolie... Je vous réquisitionne. Vous allez monter dans ma voiture. Allez ! Nous aurons vite fait mais c'est super important.

- Vous vous...croyez que c'est lui ?

- Mon petit oiseau me dit que c'est lui.

- On ne dit pas « mon petit doigt » ? répliqua-t-elle croyant faire de l'esprit.

Je répondis catégorique.

- Non ! On dit bien : « mon petit oiseau ». Allez zou ma belle !

Un bien plutôt qu'un mal

Tout était sens, dessus dessous. Un couple qui n'était pas gêné par la crise et qui mariait leur fils avait monopolisé toute la boutique une bonne partie de l'après-midi. L'apprentie rangeait les cravates par couleur et par matière sur les portants qui trônaient près de la caisse. Les pantalons, les chemises en coton et les gilets en soie avec leurs parures s'entassaient en vrac sur le comptoir centenaire. Les vestes des costumes désolidarisées des pantalons s'éparpillaient dans les salons d'essayage. Il y avait aussi des cintres partout. La boutique était jonchée d'une trentaine de mocassins noirs éparpillés avec les boites vides, amoncelées les unes sur les autres. Luis avait horreur de ranger les chaussures. Bien sûr, c'était encore sur lui que c'était tombé. Il lui fallait trouver la boite qui correspondait aux bonnes pointures en se traînant sur le plancher comme un larbin. Le larbin qu'il avait toujours été.

Le patron derrière son tiroir-caisse le surveillait du coin de l'œil. Par chance, pensa Luis encore accroupi sur le sol en rangeant la dernière boite, ce soir, il n'y avait plus de client. Il pourrait partir à l'heure. Il y avait bien eu ce couple qui était rentré et qui avait regardé le portant des cravates. Un père et sa fille vraisemblablement mais il n'avait pas bien vu car la fille lui tournait le dos. Par chance le couple était ressorti. L'homme lui avait jeté un regard furtif avant de pousser la porte pendant que le patron attendait sur le côté, les clefs à la main, pour fermer le magasin.

Luis était pressé de rentrer. Entre midi et deux il n'avait pas eu le temps nécessaire de revenir chez lui. Yolande avait passé la nuit ligotée sur un canapé défoncé. Tôt le matin, avant de s'en aller, ne sachant exactement comment procéder avec elle, il avait sorti un yaourt du frigidaire et lui avait ôté le bâillon. Elle l'avait supplié de libérer ses liens car elle était engourdie mais il avait refusé. Avec une petite cuillère douteuse de propreté, il l'avait forcé à avaler. Elle s'était mise ensuite à pleurer, puis elle avait vomi ce qu'elle venait de prendre. Il s'en était fallu de peu qu'il se mette en colère et qu'il la frappe mais la bête n'avait pas bougé.

Elle ne lui avait donné aucune consigne. C'était plutôt en fin de journée qu'elle se manifestait.

Vers dix-huit heures, alors qu'il servait une élégante cliente qui choisissait un nœud lavallière pour son fils qui était de noce la semaine suivante, la bête s'était enfin réveillée. La jolie cliente possédait un décolleté plongeant dans lequel Luis s'était perdu quelques secondes. Quand elle avait quitté la boutique avec sa poche en plastique il avait regretté de ne pas pouvoir la suivre. Mais il avait songé aussitôt à Yolande. Il s'était senti soudain porté par une forte excitation. Et jusqu'à la fermeture, durant le rangement des rayons, puis accroupi, le dos plié sur les boites de chaussures, il avait alimenté son fantasme par ce qu'il projetait de faire subir à sa prisonnière. Une fois dehors il s'en alla prendre son métro et ne remarqua pas l'homme qui lui avait emboîté le pas.

Luis descendit à la station du quatre septembre en direction de Gallieni. C'était dix-neuf heures trente. Il y avait du monde. L'homme avait attendu qu'il sorte de la boutique caché derrière un panneau publicitaire de l'autre côté du boulevard.

Cet homme c'était mézigue. Commissaire Marcello Visconti. J'avais renvoyé ma blondasse à ses occupations immobilières et j'avais fait le poireau devant la boutique en attendant que le type sorte. Une espèce de pigeon mendiant était venu dans mes pattes. Rien à voir avec mon piaf. Je l'avais envoyé se faire foutre d'un coup de pied dans le vide. Ce n'était pas le moment de m'emmerder. J'étais à cran.
J'essayai de coller aux basques du type au plus près. Je me focalisai sur la couleur de sa veste. C'était un jaune citron qui par chance ne passait pas inaperçu parmi le foisonnement des frusques sombres de la foule. Ce qui facilitait la filature. Il n'y avait rien de pire que de filocher quelqu'un vêtu de gris quand tout le monde portait le même fond de couleur. Je le suivis jusqu'au quai et montai à sa suite dans la rame du métro. A quelques mètres à peine du vendeur, je l'observai à la dérobée. Je me tenais à la barre du plafond, à moitié planqué par une

femme qui puait la transpiration. Une raison de plus pour ne pas encaisser les transports en commun. A chaque arrêt je me préparais à me frayer un passage parmi les passagers si la veste jaune se déplaçait. Ce fut le cas station République. L'homme était devant la porte et il fut tout de suite dehors. Je jouai des coudes et m'extirpai de la rame juste à temps pour le voir filer au bout du quai. Le type marchait vite. Il n'était pas question de le perdre. Je le rejoignis enfin, faillis faire tomber un gamin que je n'avais pas vu, me fis injurier par la mère mais je n'en avais rien à battre. Yolande était en danger et je n'avais pas l'intention de laisser échapper ce mec.

Je respirai quand je compris que nous allions prendre la ligne « cinq » en direction de Gallieni. Je me positionnai derrière lui, en retrait de façon à ne pas être repéré s'il se retournait. La rame stoppa dans un hurlement de ferraille. Dès que la porte s'ouvrit, le gars s'y engouffra. Maintenant il semblait davantage pressé. Je lui collai aux basques. A priori il ne s'était aperçu de rien. Je me détendis un peu sans toutefois relâcher ma vigilance. Nous repartîmes.

La violence sonore du métro avait un effet somnifère sur les passagers. C'était le retour du boulot. Crevés, ces gens étaient retranchés derrière leur mutisme quotidien. Je perçus dans une fulgurance, dont j'étais coutumier à l'époque de mes créations poétiques, qu'en cet instant précis des centaines de pensées les plus diverses, et les plus tordues aussi, zigzaguaient dans ces têtes. Dans le tas il y avait ce malfaisant mais il y en avait certainement d'autres, intouchables, impunis aussi. Les stations défilaient les unes après les autres.

L'homme se déplaça mais ce fut pour s'asseoir. Je ne bougeai pas. A la station Pablo Picasso la voiture se vida. J'emboîtai le pas à mon suspect. Nous nous enfonçâmes dans une coursive humide. Des rats se prélassaient autour des bâtiments. Comme accueil il y avait beaucoup mieux. Mais nous étions à Bobigny et j'avais déjà bossé dans la cité Paul Eluard. Le vendeur de sapes longea le mur du cimetière. Il y avait beaucoup moins de monde. J'avais tout intérêt à faire gaffe. Si je le perdais j'aurais toutes les peines du monde à le retrouver. La cité était une ruche avec des milliers d'appartements. C'était aussi une cité chaude et la police n'y était pas la bienvenue. Loin de là !

La veste jaune s'engagea dans la rue Alcide-Vellard et elle s'engouffra au niveau du numéro 22 dans un grand immeuble.

Il poussa la porte d'entrée qui n'était pas verrouillée et appela l'ascenseur. Celui-ci arriva rapidement. Il pénétra dedans sans se douter de rien. Nous étions arrivés. Il était temps de passer à l'action. Je me propulsai comme une flèche, poussé par une hargne alimentée de peur. Peur d'arriver trop tard pour sauver Yolande. Je le poussai brutalement et je l'empoignai par le revers de sa veste de frime. La cage était exiguë. La bousculade fit un boucan du diable. Avant qu'il ne réalise ce qui lui arrivait ses poignets se retrouvèrent encerclés par le métal. Le prenant par le colback je le tirai dans le hall d'entrée. J'extirpai mon portefeuille, lui collait ma carte de flic sous le nez et lui intimai l'ordre de s'asseoir au bas de l'escalier.

Je sortis mon Iphone et appelai des renforts.

Si le type pensa que je faisais appel à la brigade antigang, ou à quelques CRS pour faire bon poids, il se gourait. Ici la moindre arrestation pouvait dégénérer en guerre de tranchée et cela ne lui aurait pas déplu. Je préférais la discrétion et demandai à parler à Conte ou Boujedella, deux flics de ma brigade qui connaissaient bien les ficelles du métier. Dans le décor de l'immeuble c'était ce qu'il me fallait. Deux mecs sur qui je pouvais compter en cas de coups durs.

Mon prisonnier me regardait bigophoner. Il était muet comme un poisson rouge.

La bête avait eu peur... Elle s'était réfugiée aussitôt dans sa cachette favorite, un coin reculé du cerveau embroussaillé de Luis. L'excitation avait disparu. La femme était prisonnière là-haut et il se savait cuit. Il se demanda alors, dans un accès de lucidité, si son arrestation n'était pas, en définitive, un bien plutôt qu'un mal. Une façon définitive de stopper la bête.

Je le fis se relever pour le fouiller méthodiquement. Nous étions devant les boites aux lettres. Mes mains s'activèrent comme de grosses araignées sur une proie géante, immobilisée. Je trouvai sa pièce d'identité dans un portefeuille en cuir. Il s'appelait Luis Hernandez et il était né à Gérone. Mais à peine venais-je de lui piquer ses clefs que des jeunes blacks encapuchonnés entrèrent soudain dans l'immeuble. Le temps fit une pause.

Ils aperçurent le type menotté et captèrent en même temps que j'étais un poulet. Ils devinèrent mon arme dans le holster. Et ils virent aussi que c'était ce chien bâtard qui habitait au dixième. Chasser le naturel il revient au galop. Au lieu de fermer leur gueule ils ne purent s'empêcher de crâner.
- Alors le chabron tu t'es fait alpaguer ?

Puis s'adressant à moi, le plus jeune demanda :
- Qu'a fait ce bouffon, m'ssieur ?

Il valait mieux jouer carte sur table pour éviter que ces jeunots n'aillent chercher la meute.
- C'est un violeur.

Les blacks le matèrent un moment et décidèrent d'en causer. Ils sortirent leur paquet de tabac et leurs barrettes de « sheet » en me fixant droit dans les yeux. Pure provocation à laquelle je ne répondis pas. Je tirai violemment le type dans l'ascenseur et lui demandai méchamment de m'indiquer l'étage.
- C'est le dix m'ssieur ! prévint un des jeune gars.
-On dirait que tu ne t'es pas fait des copains. Ceux-là ne sont pas près de te défendre.
- Je chie sur leur race ! se contenta de dire Luis.
- Bon OK ! Où est ma collègue ? Je t'avertis si elle est morte je te descends.
- Vous ne feriez pas ça ?
- Je vais me gêner. Mais je ne suis pas con. On ira faire un tour en forêt.
- Ce ne sera pas la peine. Elle est là-haut.

Ce fus soudain comme une vague que je n'avais pas vu venir. Je ressentis le relâchement de mes muscles. Leur dureté liée au stress de la filature puis à l'arrestation disparut. J'inspirai puis j'expirai à fond plusieurs fois pour essayer de calmer mon cœur qui tambourinait comme un barge. Quand l'ascenseur s'ouvrit sur le palier du dixième étage j'avais retrouvé un air plus serein. Je m'acharnai sur la clef.

- Il faut pousser avec l'épaule en même temps ! indiqua Luis qui n'avait plus qu'une envie, que tout ce cirque se termine.

Yolande était couchée sur un canapé. Elle avait les pieds liés et les mains dans le dos. Elle était recroquevillée sur le côté et ne bougeait pas. Inquiet de la voir ainsi je me précipitai à son chevet. Heureusement elle dormait. Épuisée elle avait sombré dans un sommeil quasi comateux. Le bâillon avait distendu sa mâchoire. Elle avait bavé copieusement sur les coussins du canapé. Je m'empressai de défaire le foulard et me relevai fou furieux. La rage dans les yeux. La torgnole que je balançai dans la gueule de mon prisonnier me déclencha une douleur aiguë à l'épaule. Mais qu'importe ! Ma chevalière avait fait des dégâts et le sang pissait.

- Si tu l'ouvres, espèce de fumier tu en as une deuxième.

Luis s'était retrouvé les quatre fers en l'air sur la moquette. La douleur de la baffe était cuisante. Incapable de se relever, il vit dans un brouillard le flic brandir un Laguiole et couper les liens de la fille. Puis il ferma les yeux et préféra rester étendu sur le sol. Cela ne le concernait plus. Encore une fois la bête le laissait tomber. Il préférait capituler et pissa dans son froc.

Puis tout se déroula assez vite. Deux types se pointèrent et le saisirent sans aucun ménagement. Toujours dans son pantalon souillé ils le jetèrent dans l'ascenseur. Au bas de l'immeuble une voiture banalisée attendait. Une femme était au volant et un gros baraqué attendait sagement, appuyé sur le capot, en fumant une tige et en discutant avec les jeunes qui entouraient la caisse. Le grand mec parlait arabe. Il portait un gilet en cuir noir qui laissait apparaître la crosse impressionnante d'une arme à la dimension de son énorme poing.

Je descendis dix minutes plus tard en soutenant Yolande par la taille. Elle était faible mais elle pouvait marcher. Au bas de l'immeuble je me félicitai qu'il n'y ait pas eu une bande d'uniformes énervés et fébriles. La banlieue était cataloguée sensible. Mes hommes étaient au jus. Ils avaient pris l'initiative de rameuter d'autres collègues. Un jeune OPJ qui en voulait et qui s'appelait Maubert. Et une stagiaire, Anna Ducoin, qui avait réussi le concours à l'école de police. Ce rôle de chauffeur était une première pour elle.

Tout le monde se serra tant bien que mal dans la Clio blanche. On installa Yolande qui reprenait ses esprits à côté d'Anna tandis que je montai à l'arrière avec Conte et notre présumé coupable. Sauf qu'il n'y avait plus de place pour Boujedella et Maubert. Dans la précipitation de mon appel ils n'avaient pas pu trouver une deuxième caisse. Je leur conseillai de prendre le métro. Le colosse fit un signe de la main et regarda démarrer la voiture chargée comme un sac d'oignons. Puis de son pas de pachyderme il s'en alla rejoindre la station Pablo Picasso, suivi de Maubert et accompagné par une poignée de jeunes gars de la cité. Je me demandai perplexe ce que pouvait leur raconter ce colosse pour en avoir fait si rapidement des « aficionados » de la flicaille. Conte sortit le gyrophare et la voiture fonça droit devant.

Luis se laissa emmener. Il mijotait dans sa pisse qui empestait l'habitacle et paraissait attendre la suite des événements, avec fatalisme.

Au 36 on l'interrogea aussitôt. Malgré l'heure tardive. Quand la soupe sort du chaudron il faut la manger. Luis Hernandez ne fit aucune résistance. Il nous expliqua, d'une voix douce, qu'il en avait assez de son existence de frustré. D'après lui cette lutte continuelle contre ses instincts l'avait épuisé. Par ses remarques il était clair qu'il se raccrochait à l'idée rassurante de la prison. Il nous parla longuement de la bête. Ce type était branque. Mais lui ce n'était pas un connard de piaf qui le conseillait. Il éclata même d'un rire hystérique en nous précisant que dorénavant la bête serait obligée de fermer sa gueule. Maintenant il savait qu'il

150

n'avait pas eu à faire à un fantôme et il en était soulagé. Sa future cellule était une bouée de sauvetage. Il n'avait plus à s'en faire pour survivre au quotidien. L'état allait le prendre en charge. Comme un fonctionnaire. Les murs et les barreaux en plus.

Pour en finir avec son passé criminel, peut-être pour qu'on le prenne davantage en considération, que l'on sache aussi qu'il était réellement malade, et qu'il avait besoin d'aide, il raconta les nombreuses agressions sexuelles dont il était l'auteur. Celles dont il se rappelait... Mais certains souvenirs étaient trop confus pour en parler.

Au cours de sa déposition il remarqua que le gars qui se tenait derrière les flics qui l'interrogeaient l'observait étrangement. Il était appuyé contre la cloison, la tête légèrement penchée sur le côté gauche comme soumis à une réflexion subite et intense. A son tour il l'avait regardé et il avait cessé de parler durant un instant. C'était l'homme qui l'avait suivi, bousculé puis qui l'avait menotté. C'était aussi celui qu'il avait aperçu dans la boutique juste avant la fermeture. Mais en regardant les traits vieillis et durs de ce visage, le vert profond des yeux qui le sondaient, un sentiment confus d'avoir déjà rencontré cet homme prit corps dans son esprit. Il reprit sa confession. Qui était ce flic ? A force il eut la conviction que ce visage revenait du passé et cela lui déplut.

On lui demanda à maintes reprises où il avait caché le corps de Monique. Il répéta chaque fois qu'il ne savait rien à ce sujet. Après l'avoir frappée et poignardée, il avait abandonné le corps dans la piscine. Il l'avait observé suffisamment longtemps pour avoir eu la certitude qu'elle était morte. Quand il s'était retrouvé en présence de sa sœur, il avait cru bizarrement être devant le fantôme de Monique. Dans son délire, après lui avoir réglé si sauvagement son compte il avait caché Myriam à l'arrière de la Porche. Il argumenta à plusieurs reprises que s'il s'était acharné avec autant de férocité sur sa victime c'était parce qu'il croyait avoir à faire à une entité démoniaque mais cela ne convainquit personne. La violence dont il avait fait usage ne laissait aucun doute sur son véritable état de prédateur sexuel.

Il avait tout avoué en bloc. Il n'y avait aucune raison logique pour qu'il mente au sujet de Monique. L'audition finit tard dans la soirée. Puis on l'amena passer sa première nuit derrière les barreaux.

Nous allons faire une dictée

J'avais regardé le tueur quitter la salle d'interrogatoire et j'avais un truc qui m'était resté coincé à travers le gosier. Ce type je le connaissais mais j'étais incapable de me souvenir dans quelles circonstances je l'avais rencontré. Durant ma carrière j'avais croisé des centaines de tordus, des voyous, des assassins, des voleurs. Une faune avec laquelle je m'étais battu pour être le plus fort. Cela avait été parfois une question de vie ou de mort. J'avais aussi une excellente mémoire. La tronche des malfrats épinglés dans mes dossiers demeurait indélébile. Pour ce Luis Hernandez il y avait autre chose. C'était inconsistant. Il n'avait jamais eu maille à partir avec la police.

De son côté Yolande, bourrique, avait refusé d'aller à l'hosto. La stagiaire l'avait raccompagnée à l'appartement.

Le lendemain vers dix-neuf heures je quittai le bureau et tentai pour l'unième fois d'appeler Yolande sur son portable. Mais toujours sans succès.

Elle avait à priori bouclé son téléphone. Digérer les meurtres de ses sœur n'était pas un processus facile. Le deuil s'annonçait compliqué. D'autant que la dépouille de Monique manquait à l'appel. En passant devant un bar j'avisai une table en terrasse. Je m'y installai pour me taper une pression. Il faisait beau et la petite place où je me trouvai grouillait de monde. J'avais mon téléphone. Il était posé sur la table en évidence. Les passants passaient. C'étaient ceux de la rue. Ils possédaient chacun leur vie. Une vie différente de la mienne qui était toujours jonchée de cadavres et de misères humaines.

Avant-hier chez ma psychologue, en plus d'évoquer le passé, en fin de séance, j'avais parlé de Yolande. Je m'étais rendu ridicule d'exulter ainsi devant ce visage hermétique. Cette femme était devenue en quelques jours à peine mon présent et j'espérais aussi mon futur. Je me faisais certainement des idées. J'avais passé l'âge de tomber amoureux... Ma confidence amoureuse avait duré dix minutes. Dix minutes à dire mon besoin d'elle. A raconter ma solitude et ma soif de redécouvrir la vie. J'avais parlé, trop parlé, pour dire n'importe quoi, m'étais-je même entendu penser lors d'un bref instant de lucidité. A la longue, j'avais cependant coupé court à la séance. Je m'étais barré, penaud, comme un môme pris en faute. J'avais montré à cette femme qui m'horripilait tant, que j'avais été autrefois un type vulnérable. Plus grave encore, que je l'étais toujours... Toutefois, je devais reconnaître que le docteur Avril était parvenue à un résultat. J'étais maintenant capable de formuler que j'avais besoin d'une présence près de moi, autre que celle du piaf. J'avais besoin d'aimer et d'être aimé.

Je ne connaissais pas la nature des sentiments de Yolande pour moi. N'étais-je qu'un bon coup ? Ou avait-elle envisagé que l'on puisse suivre un bout de chemin ensemble malgré les kilomètres qui nous séparaient ?

Il ne me restait plus qu'à lui faire une déclaration... Je ne savais comment m'y prendre et cette idée me prit la tête le restant de la journée.

Je me tâtai pour commander une deuxième pression quand le portable se mit en transe. C'était le vibreur qui m'annonçait l'arrivée d'un SMS. Je réussis à chopper au vol le téléphone avant qu'il ne s'échappe de la table. Je jetai un œil rapide sur l'écran m'attendant à voir un unième message publicitaire du forfait Orange. Mais c'était Yolande qui me prévenait qu'elle rentrait à la Rochelle. Elle m'embrassait et s'excusait de ce départ à l'anglaise en précisant de ne pas m'en faire à son sujet. Elle m'écrivait avec des mots entiers. Elle était épuisée. Elle avait besoin de retrouver ses marques. A travers ces lignes il n'y avait aucune allusion à notre nuit. J'étais comme un idiot. Le serveur s'était planté devant moi, son plateau en inox à la main avec sa banane jusqu'aux oreilles. Je lui réclamai un whisky double et je replongeai dans mes mornes pensées.

Le lendemain, en ouvrant ma messagerie j'avais un mail de la gendarmerie de Pamiers. Le corps abîmé d'une femme avait été découvert par le chien d'un promeneur. Elle avait sur elle sa carte d'identité. C'était celle de Myriam Levasseur. Elle était à moitié enterrée sous des grabats dans une grange éventrée, non loin

d'une communauté de hippies à la retraite. Ils avaient fait le rapprochement avec notre affaire et ils nous expédiaient les premiers éléments. Je n'avais pas besoin de ça pour savoir qui était cette femme. Myriam habitait parmi ces vieux rêveurs et amateurs d'herbe et ce corps, c'était celui de Monique. Je me calai sur le fauteuil, les yeux sur l'écran. Je me triturai l'esprit pour comprendre ce qui s'était passé. La fenêtre de mon bureau était ouverte et soudain, Édith, d'un coup d'aile pénétra dans la pièce. Le piaf se posa sur mon sous-main en plastique et dit :
- Tu as lu ton mail ?

Son arrivée fut moins théâtrale qu'à l'ordinaire. Il ne se perdit pas dans sa fioriture habituelle de langage. J'étais amorphe et je réagis à peine.
- Ouais ! Justement. Mais tu as sans doute une idée.
- Facile ! Mais je ne suis pas venu aujourd'hui pour t'aider dans ta fichue enquête. Tu n'as qu'a trouver tout seul.
- C'est évident mon cher Watson, lui répondis-je, narquois.
- Bon ! Je reconnais que pour moi c'est plus facile. C'est la môme Myriam qui a découvert le corps de sa frangine dans la piscine. C'était une maligne. Elle a voulu simplement prendre sa vie, son fric, sa maison, ses robes, sa bagnole. Elle a extrait le corps de l'eau, l'a mis dans la Porche et elle est partie en Ariège. Elle a planqué le corps dans ces ruines avec ses propres papiers pour se faire passer pour morte. Puis elle est revenue direct à Paname pour une nouvelle vie. Mais elle n'avait pas prévu que le tueur reviendrait.

Un bruit de pas, la porte qui s'ouvrit, mais déjà le piaf s'était caché sur le haut de mon armoire, derrière une pile de dossiers. Mon collègue n'avait rien vu. J'en profitai pour le mettre au jus de la découverte macabre. Puis je précisai :
- Ils expédient le corps à Carcassonne pour l'autopsie.
- C'est leur juge qui a demandé le transfert ?
- Sans doute !
- Au fait tu es au courant pour le corps de Myriam, dit-il.
- Non ! Qu'est-ce qu'il y a ?
- Les pompes funèbres vont le rapatrier sur la Rochelle. Ton amie

Yolande veut enterrer sa sœur chez elle. Je crois qu'elle sera aussi contente de savoir que l'on a retrouvé son autre sœur.

Je rétorquai sèchement :
- Le mot « contente » n'est certainement pas approprié. Mais je vais la prévenir. Je te remercie.

Comme je n'ajoutai rien, mon collègue hésita puis tourna les talons et referma doucement la porte derrière lui. L'oiseau en profita pour revenir se poser sur le bureau. Il s'emberlificota dans mes stylos éparpillés et m'engueula pour mon bazar :
- Tu pourrais être plus ordonné !
- Arrête tes conneries ! Dis-moi alors pourquoi tu es venu ?
- Pour t'aider.
- Je m'en doute, dis-je calmé subitement. Tu as toujours été là pour ça et je ne sais toujours pas pourquoi ? A vrai dire je m'en tape aujourd'hui. Il n'y a qu'une chose qui compte réellement.
- Je sais mon petit commissaire. Ton amour pour Yolande. C'est ce qu'on appelle un coup de foudre à retardement.
- Pourquoi à retardement ?
- Puisque tu la connais depuis des années et que ton amour t'a explosé à la gueule que maintenant.
- Pourquoi parles-tu si crûment d'une chose si belle ?
- Parce que c'est comme ça que tu parles. C'est le mimétisme mon pote ! En attendant tu vas lui écrire à ta belle. Tu n'as plus l'âge tendre mais plutôt une tête de bois pour faire de l'esprit à deux sous. Et ce n'est pas parce que ta Yolande possède encore une carrosserie acceptable, qu'elle mange bio et qu'elle se fait soigner par un chinois énigmatique qu'elle n'est pas comme les autres. Elle a intérêt à mettre les bouchées doubles si elle veut encore profiter de la vie et de ses bienfaits.
- Une lettre ?
- Oui ! Prends un de tes putains de stylos, du papier et nous allons faire une dictée.

Comme la plupart du temps l'oiseau me subjuguait. Je n'eus d'autre solution que d'obtempérer. J'ouvris mon tiroir et je pris une feuille blanche. Mon stylo à la main, je souhaitais vivement qu'aucun de mes adjoints n'ait l'idée de rentrer sans frapper. Le piaf saurait s'envoler illico comme tout à l'heure mais je ne pourrais guère cacher ma mine déconfite, peinant sur une lettre d'amour.

- « Ma chère Yolande. » Non ! se reprit tout de suite l'oiseau. « Ma très chère Yolande... » et n'oublie pas les trois points de suspensions.

- Pourquoi ? Cela ne se fait pas.

- Les trois points vont lui laisser supposer immédiatement que la suite n'est pas piquée des hannetons.

Parfois je me demandais où il allait chercher ces expressions tout en sachant que je parlais à l'identique comme il venait si bien de me le rappeler.

- Bon ! La suite...

- Voilà ! Écris ! « J'ai rêvé de ton sourire, de tes yeux qui me troublent et qui m'entraînent dans un futur que je n'ose pas envisager. Et pourtant... »

Édith s'était arrêté. Il s'était élancé, avait fait le tour de la pièce dans un vol ramé de plumes et de claquements, presque en se cognant aux murs, puis il était revenu se poser.

- Et pourtant quoi ? répétais-je impatient.

- « Solitaire et prisonnier de ma vie j'ai eu peur de te parler, te dire combien tu es intelligente et séduisante. »

Je soufflai d'incompréhension. Je rétorquai inutilement devant autant de mièvrerie :

- Tu es sûr que c'est bien ?

- Ah oui ! Fais-moi confiance... On va même en remettre une couche : « Je t'ai dévoré des yeux et j'ai balbutié des mots inutiles pour cacher mon émoi. »

A ce stade de la lettre j'étais anéanti.

- Je ne vais pas lui expédier ces inepties sorties de la cervelle d'un oiseau malade.

- Arrête ! Ne me dis pas que tu n'as pas pensé tout ça quand elle était là. Avant même qu'elle ne daigne coucher avec toi.

157

Il avait raison mais je ne pouvais pas l'accepter. Ma virilité était mise à rude épreuve. Ma fierté de macho aussi. De tout façon, la lettre irait au panier. D'un ton rogue je me défendis :
- Et après je l'envoie à Pivot pour qu'il la corrige ?

Les yeux de l'oiseau étaient placés de chaque côté de sa tête. Cette position contribuait à augmenter son champ visuel. Ses pupilles restaient fixes avec parfois une étincelle goguenarde. Il continua à me vriller le tympan :
- « Pardonne à ce vieux flic de t'écrire ces mots insensés pour t'avouer son amour si ancien et si neuf à la fois. »
- OK le piaf ! On arrête là. Et puis merci pour le « vieux ».
- Maintenant que tu lui as avoué ton amour avec une classe évidente, pour un rustre de ta condition, passons au côté plus pratique.
- Ah bon !
- Courage voyons ! Reprends ton stylo. Je disais donc : « Et le souvenir merveilleux de la nuit passée dans tes bras demeurera à jamais gravé dans ma mémoire. »

L'oiseau s'envola encore et se réfugia sur le rebord de la fenêtre puis il revint vers moi.
- C'est terminé ? dis-je.
- Presque ! Il manque l'estocade.
- Je t'écoute, répondis-je, le doigt toujours crispé sur le stylo.
- « Mais cette lettre c'est un rêve. J'ai rêvé que tu l'avais lue et qu'elle t'avait émue. Cette lettre n'existe pas... »
- Ah ça c'est bien vu ! appuyai-je. Et je me demande si la poste va pouvoir acheminer quelque chose qui n'existe pas ?
- « Mais si tu désires me revoir alors je serais l'homme le plus heureux qui soit. »
- C'est fini j'espère ?
- Non ! Il manque le principal. Le mot magique. Le seul qui est crédible aux yeux d'une femme.
- C'est quoi ?
- Espèce de pauvre nul ! Cela ne m'étonne pas que ta femme soit partie. C'est le mot « aimer » espèce d'abruti ! Écris-le et signe Marcello pour une fois.

J'ignorai l'allusion sur mon prénom et je répondis :

- Ce « Je t'aime » ce n'est pas un peu simple après toute cette foutue lettre d'amour ?

- Non ! Elle n'attend que ce mot-là. A lui seul ce « je t'aime » pèse autant que la lettre toute entière.

- Bon si tu le dis. Après tout c'est toi l'oiseau.

- Oui ! C'est moi, dit-il avant de me piquer la feuille avec son bec conique de granivore et de s'envoler par la fenêtre.

Je restai là adossé à la fenêtre, la cervelle en marmelade. Il me fallut dix bonnes minutes pour m'extirper de ma rêverie. Le ciel était couvert et le vent avait commencé sa sarabande. La météo prévoyait de la pluie pour la nuit.

Que fait-on derrière ces grilles ?

Elle était encore là ! Avec sa blouse blanche ouverte sur son tailleur bariolé Lacroix. Retranchée derrière son bureau, comme à chaque séance, elle attendait stoïque que je farfouille dans la boite à outils de ma putain de jeunesse. La clef de ma violence se cachait derrière un souvenir précis, occulte, de cette époque. C'est ce que j'avais cru comprendre.

Je passai vite fait sur la fin des vacances à Casablanca, mon retour à Marseille et mon inscription en préparatoire au lycée Thiers pour tenter les concours dans les grandes écoles. Pour ne pas avoir à lutter contre mon père. Mais avec la ferme intention de ne rien foutre. Une année à coincer la bulle, à dépenser le pognon de la famille, à tromper ma fiancée espagnole, jusqu'à la rupture. Puis à le regretter, à lui courir après, à faire du stop dans une banlieue au nord de Paris avec une moitié d'adresse et le nom d'un oncle éloigné chez qui, d'après ses parents, elle avait trouvé refuge. Pour finir à pleurnicher dans ses nichons avant de la ramener à Marseille d'où elle s'était enfuie pour ne plus me voir.

Ensuite ce fut l'épisode peu glorieux de mon service militaire. Et de l'abandon de mes études.
Je regardai la mère Freud et ne pus m'empêcher d'avoir envie de lui réciter un poème pour l'emmerder. Pour la faire réagir, la fragiliser. Mais rien à faire.
La poésie passait avec tout le reste au-dessus de son chignon. Cette bourgeoise était un vrai bloc d'indifférence sur lequel ma hargne se cognait.
C'était comme un punching-ball qui me revenait direct dans le naze. Coincée dans sa légitimité elle était capable de recevoir une volée de flèches sans qu'aucune d'elles ne l'atteigne.
Alors je me levai soudain.

En pointant un doigt vers elle je déclamai :

160

Que fait-on derrière ces grilles
Habillés comme des soldats,
Les chaussures noires qui brillent,
Apprenant à marcher au pas ?
Que fait-on dans cette caserne
Tête tondue comme un mouton
Sous le ciel, bas, gris et bien terne,
Au garde-à-vous pointant menton ?
Le matin froid qui nous réveille.
Au pied du lit vers les six heures
Le sergent gueule : réveil ! réveil !
Rassemblement dans un quart d'heure !
Et nous avons à peine le temps
De nous lever, courbaturés,
Et de coiffer, claquant des dents,
Notre tarte démesurée.
Puis brusquement il faut descendre
Et dévaler dans l'escalier.
Tous les chasseurs se font entendre
En se ruant vers le palier.
Ils sont tous là, sous les flocons,
Chemises bleues, manches levées,
Comme des piquets, comme des cons,
Le clairon sonne, c'est le lever.

Je terminai ma tirade raide comme à la parade et la gratifiai d'un salut militaire. Je scrutai la commissure de ses lèvres mais elle resta insensible à mon numéro d'artiste. Je pivotai dans un claquement de talon. Découragé je me remis sur le canapé.

Avec ma cape bleue comme celle d'un Zorro alpin, mon béret sur ma tronche juvénile, avec ma chemise ciel que nous devions repasser pour aller en permission, avec mon futal bleu-marine en serge et mes chaussettes à grandes mailles de laine blanche, à mi-mollet, avec mes godillots de montagne astiqués comme pour le défilé du onze novembre, la fourragère rouge enroulée autour de l'épaule, c'était la seule image que j'avais gardée de moi à cette époque. Une photo, une seule, qu'un camarade avait prise, un jour de soleil dans la cour de la caserne, à Grenoble.

Cette année de pitrerie costumée avait été une bonne période pour la rime. Lors d'un exercice de tir au camp de Chambaran mon tympan avait explosé. Merci l'armée et surtout merci mon lieutenant ! Je revoyais encore cet abruti au crâne rasé, imbu du prestige Saint-Cyrien, m'obligeant à enlever les douilles vides que j'avais coincées dans mes oreilles. « Mon cher Marcello ce n'est pas ici l'armée du général Bourbaki ! Enlevez ces douilles et feu à volonté ! » avait-t-il dit.

Et voilà chère madame Freud ! L'oreille droite était foutue. Deux longs mois à l'hôpital militaire de la Tronche. Deux mois à poétiser sur mon lit. Merci le stage de tir ! Je me souvenais de mon infirmier, un grand black, qui avait fait toutes les guerres, sauf celle de l'amour. Il faisait des intraveineuses comme sur un champ de bataille. La minute d'après j'irradiai comme un putain de radiateur. J'ouvrais la fenêtre pour respirer goulûment, torse poil et en pantalon de pyjama, le froid glacial du dehors. Nous étions début janvier. Il y avait de la neige qui comblait le rebord de la fenêtre. Je m'en couvrais le corps pour me refroidir. Cette piqûre dilatait mes veines et me faisait suffoquer. Bien entendu la chambrée gueulait pour que je ferme la fenêtre. Enfin calmé, je me recouchais dans mon plumard. Je rimais pour passer le temps. Quelques infirmières en catimini venaient pour lire mes dernières trouvailles tandis que je lorgnais dans l'échancrure de leur décolleté.

En juillet pendant une permission nous avons passé notre temps avec ma chère fiancée à faire l'amour. En toute innocence, nous avons conçu notre fille. Ce jour-là il y avait un orage à tout casser. Sous la couette, à l'abri des gouttes qui tapaient sur les carreaux, on avait oublié la vie qui tramait son quotidien. Nous étions jeunes. On se foutait de tout. Nous étions immortels et c'était bon de jouir dans ce pieu, ensemble comme des fous. Dans les bras de ma dulcinée, ma tête enfouie dans la chaleur de ses beaux seins j'en avais oublié ma rancœur envers la gente féminine. Blotti contre ce corps nu, protégé par ses bras noués autour de mon cou, sa bouche tendre sur la mienne, je m'étais réconcilié avec les femmes.

Mais ce ne fut qu'une accalmie, une escale sur une petite île de bonheur sur la mer de ma vie démontée.

Voilà madame Freud ! A mon retour de l'armée il a fallu nous marier. Cela se faisait, avec un enfant à venir, manière de bien débuter la vie. Sans boulot, sans étude, sans diplôme et aussi sans argent.
Avec une mère qui pleurait et un père qui gueulait.

L'oiseau était revenu me voir bien longtemps après. C'était un soir d'été près de la plage du Prado. J'étais devant une cabine téléphonique. Dans ma famille, comme disait Brel, on ne parlait pas. Non ! On écoutait le père et je faisais semblant d'être du même bord que lui. Eh bien non ! Foutre merde ! Non chère madame docteur ! J'étais à l'autre extrémité de ses convictions. Ce jour-là grâce à l'oiseau qui m'avait donné la force et ce très bon conseil, j'avais réussi à lui avouer, à lui vomir tout ce que j'avais derrière les dents. J'avais osé lui crier, en marchant sur ma peur, ce qui m'obstruait la pensée. Papa, ce mot qui avait tant de mal à passer était militariste. Il votait à droite et lisait le Figaro. Sa vision étriquée bourrée de certitudes n'avait jamais été la mienne. Quand il me faisait des discours je me taisais par lâcheté. Sa morale, sa croyance en Dieu, sa soumission au pape et au grand carnaval millénaire en soutane m'exaspérait au plus haut point.
- Qu'est-ce que tu lui as mis ! avait dit le piaf.

J'avais raccroché le bigophone les larmes aux yeux et la gorge serrée. J'avais regardé l'oiseau avec attention... Il n'était plus venu me voir depuis mon départ à l'armée. A croire qu'il ne s'intéressait pas aux militaires ou peut-être parce qu'il me savait en de bonnes mains viriles et que je n'avais pas besoin de ses conseils.

J'avais répondu :
- Maintenant les choses sont claires.
- Pour lui ou pour toi ?

Toujours ces réparties tordues ! Il avait dit ça de son petit bec rouge, juché sur la poubelle qui débordait de sacs plastiques maculés de cambouis et d'emballages sales. J'avais hésité :
- Pour lui ! Je crois...pour lui !

Puis il s'était envolé. Il m'avait suivi en tournoyant autour de ma tête. J'avais l'impression d'avoir une auréole à plumes sur ma caboche et je m'étais énervé :
- Casse-toi et arrête de me tourner autour ! Tu me fiches le tournis.

Pour nourrir ma famille j'avais réussi à décrocher un boulot de livreur chez un fleuriste. Je végétais parmi les pots de fleurs, alignés sur le trottoir, que j'arrosais chaque matin. Durant cette période, il y eut davantage de morts que d'heureux événements. Dans la cave avec deux autres employées j'aidais à composer les couronnes mortuaires. La patronne m'avait refilé une 2 CV camionnette pour les livraisons. Et chaque jour je piquais en douce des roses. Le soir j'offrais à ma petite femme chérie un bouquet qui ne m'avait rien coûté.

Un dimanche matin, alors que je rêvassais sur le balcon du petit T3 que nous occupions à Mazargues, un crayon à la bouche, une feuille de papier posée sur la table jaune en formica, et dans l'attente d'une inspiration qui ne venait pas, l'oiseau était venu se poser devant moi. Il avait donné deux coups de bec sur mon stylo. Il m'avait obligé à m'extirper de mon nuage poétique. L'alexandrin qui cheminait péniblement dans ma tête s'était fendu en pleine césure. Il m'avait dit :
- C'est fini les fleurs ! Tu vas passer un concours.
- Ah bon ! Première nouvelle... Et lequel ?
- Flic ! Tu dois rentrer à l'école de police.
- C'est mon père qui va être content.
- Je m'en fiche de ton père, répliqua, l'empaffé volant.
- Mais tu n'es pas bien ! m'étais-je exclamé faute d'arguments. Pourquoi veux-tu que je fasse une pareille connerie ? Obéir, au garde-à-vous, ce n'est pas mon truc. L'armée ça m'a suffi !
- Flic ! Je te dis, répondit-il, obstiné. Tu auras le pouvoir.

- Le pouvoir ?
- Oui idiot ! Le pouvoir de te garer n'importe où, de brûler les feux rouges, d'interroger, d'emmerder les autres, de foutre les connards en cage et de rabaisser le caquet aux bien-pensants, connaître les truands, les voyous, te taper aussi gratuitement les filles et j'en passe des meilleures... Passe le concours ! Tu as le profil coco...
- Dis donc, c'est plutôt le profil d'un ripou que tu me chantes là !
- Je plaisantais voyons ! Tu feras ce que tu voudras lorsque tu seras commissaire.

Sur cette dernière réplique plutôt raisonnable pour une fois il s'envola. Il avait été toujours de bon conseil. Parfois sa façon de dire les choses était assez déconcertante. Il avait ce fameux côté obscur qui m'empêchait de connaître ses motivations à mon égard mais je m'étais habitué à lui et je ne me posais plus de question. Au fond de ma comprenette je savais que dans les coups durs il se pointait toujours et cela suffisait à me rassurer. Parfois il arrivait juste pour causer. Comme la fois où il était venu me voir après mes aventures de l'été 1971, avant que je ne quitte le Maroc pour mes études. Il m'avait dit de fouiller dans la pile de journaux que conservait scrupuleusement mon père. J'étais tombé sur un article du « Petit marocain » qui disait que l'on avait retrouvé le corps d'une prostituée dans une villa à Oujda. Celle-là même où j'avais été invité à passer la nuit. La victime avait été étranglée. Cela faisait une quinzaine de jours qu'elle pourrissait dans une chambre dans un état épouvantable. Les propriétaires étaient tombés dessus en revenant des États-Unis. L'assassin avait profité de leur absence pour y commettre son crime. Puis, faute d'indices probants, la police marocaine avait classé l'affaire. Rien n'avait été volé. Pas même la voiture qui avait été retrouvée garée dans la rue. J'étais tombé sur le cul. Il va sans dire que je m'étais bien gardé d'aller à la police. Ce Juan je ne l'avais guère apprécié. Mais de là à l'imaginer dans la peau d'un meurtrier j'avais eu beaucoup de mal. Le piaf m'avait dit en battant des ailes pour attirer mon attention :
- Mon petit Marco, il ne faut ne jamais se fier aux apparences. Même moi je pourrais tuer quelqu'un.

Je l'avais observé avec des yeux de merlans frits. Que ce Juan étrangle une fille, passait encore, m'étais-je dit, mais comment un être si minuscule pouvait-il tuer quelqu'un ?

Plus tard j'avais fait ce que l'oiseau m'avait conseillé. Après l'école de police, nous sommes partis à Paris pour ma première affectation et j'ai découvert le merdier de la violence citadine. Je me suis confronté avec pas mal de difficultés aux premières investigations. Notre ménage n'a pas résisté au climat parisien. Quelques années plus tard ma femme et notre fille ont pris le train à Austerlitz avec un billet simple pour Marseille. Nous avons divorcé. Un divorce réussi puisque nous sommes restés bons amis. J'avais fait trop de conneries... J'avais mis à sac le capital confiance dont les couples héritent dès le moment où ils échangent leur tout premier « je t'aime ».

L'oiseau un soir de déprime devant une bouteille de Jack Daniel m'avait dit pour tenter de me remonter le moral :
- Dans la vie petit père, il y trois choses : la première c'est fonder une famille, la deuxième c'est réussir une carrière, la troisième c'est assouvir une passion. Réussir les trois c'est exceptionnel, deux c'est rare, une c'est bien.

J'ai raté celle de la famille. Je n'ai eu aucune passion, ni amoureuse ni même artistique. Mais j'ai réussi ma carrière professionnelle. Je dois m'en contenter... L'oiseau depuis cette époque ne m'a plus quitté quasiment. En réalité c'était lui qui rêvait de devenir flic. Passer du gabarit d'un simple oiseau à celui de poulet était son ambition cachée, très chère madame Lacan. Tout au long de ces années de police il est resté à mes côtés pour m'épauler. Sa clairvoyance m'a fait grimper en grade et en notoriété. J'avoue humblement, aujourd'hui, que sans lui toutes les affaires n'auraient jamais été élucidées.
 Voila ! Pour aujourd'hui ce sera tout.

J'étais vanné. Avec ce goût de gâchis dans la bouche quand je parlais du passé. Je me jurais à chaque fois que j'allais me taire que rien de ce que j'avais fait dans le temps ne devait être connu de cette femme. Mais dès que j'étais allongé sur ce foutu canapé rouge, c'était plus fort que moi. Après un long moment d'hésitation, je me mettais à jacter car le silence devenait alors insupportable.

Je me levai avec difficulté du canapé et fouillai dans ma poche revolver. Je lui balançai une poignée de billets froissés sur son clavier d'ordinateur.
- Allez, salut ma belle ! Je me tire.

On the road again

« Je vais et je viens... » comme l'avait chanté Gainsbourg. Mais malheureusement je n'étais pas dans celle que j'aimais. Je ne faisais que l'imaginer et je restais à me morfondre en cet après-midi du quatorze juillet.

Yolande était repartie chez elle depuis quinze jours à peine mais j'avais l'impression que cela faisait une éternité. Au lendemain de l'enquête je l'avais appelée pour le rapatriement du corps de Monique. Nous nous étions à peine parlé. Nous n'étions guère loquaces au téléphone.

Puis guidé par un désir de voir du monde, pour échapper à mes idées sombres, je pris ma caisse et la direction de Paris. Il y avait déjà foule sur le Champ de Mars. J'avais garé ma voiture au 36 quai des Orfèvres. J'étais arrivé tranquillement à pinces, perdu dans mon rêve érotique, guidé par la voix de Lavilliers qui devait chanter dans la soirée. Un podium avait été dressé, comme tous les ans. Sur le trottoir les gens me bousculaient et me doublaient. Devant la scène je compris pourquoi la foule était si pressée. La star était en répétition avec une chorale. Il était assis devant le micro avec une guitare sur les genoux. Il était vêtu d'un jean et d'un tee-shirt noir. Je m'attardai comme tous les fans. Il portait fièrement sa carcasse de boxer même s'il avait vieilli et grossi. Pouvais-je en dire autant ? Il avait toujours sa fameuse boucle d'oreille et le charme était intact. Il répétait le refrain de « On the road again ». Il était environ dix-huit heures. Je restai planté jusqu'au moment où il décida de s'arracher. Le concert était à vingt-et-une heures.

J'avais le temps d'aller manger un morceau.

Depuis l'épisode de la déclaration d'amour ma bestiole volante non identifiée n'était pas réapparue. Elle avait emporté la lettre qui n'existait pas et je n'avais rien tenté d'autre pour dévoiler ma flamme. J'étais résolu à mourir idiot, à vivre dans les affres d'un amour platonique, et à me faire chier de temps en temps dans une boite des Champs-Élysées pour me dégoter une veuve joyeuse, pour dégorger le poireau comme le disait vulgairement un proxénète à voile et à vapeur de ma connaissance.

J'avais avalé goulûment un sandwich arrosé d'une bière servie dans un verre consigné puis j'étais revenu me placer face au podium. J'adorais ces fêtes populaires payées avec nos impôts. Du pain et des jeux ! Rien n'avait changé pour les cloches dont je faisais partie. Yolande allait-elle assister à la Rochelle au feu d'artifice ? Le téléphone me brûlait les doigts. Cette foutue boite en plastique était magique. Yolande était dedans. D'autres aussi. Mais il n'y avait que cette chère Yolande qui comptait en ce moment précis. Il suffisait d'appuyer sur quelques touches pour lui parler.

Brusquement un tintamarre monstre de tambours et de sifflets creva les rangs de la foule qui s'agglutinait derrière. C'était un groupe de danseuses brésiliennes qui se trémoussaient au son d'une samba. Presque à poil, ces nanas constellées de paillettes m'extirpèrent de ma rêverie. Des mecs se faisaient prendre en photo avec leur smartphone en les tenant par la taille. Ils étaient ridicules et je tournai le dos. J'avais le portable dans la main. Le numéro de Yolande était mémorisé et je n'avais plus qu'à appuyer sur le bouton. Pour cela il me fallait du courage. Ou que l'oiseau soit là !

Sur la scène les musiciens se positionnaient. Ils accordaient leurs instruments. Soudain la voix chaude du chanteur résonna et couvrit le bruit de fond des spectateurs. C'était un discours de Jean Jaurès. Puis quand ce couplet sur la liberté et les droits des peuples opprimés prit fin Lavilliers fit son apparition. Il portait son sempiternel pantalon en cuir. Je me laissai emporter par la musique. Cela faisait des lustres que je ne m'étais pas lâché. La musique me lava le cerveau. Elle me fit prendre conscience de toutes mes frustrations, de mes limites affectives. Pourquoi n'arrivais-je pas à bousculer ma putain de timidité ? A l'entracte, sous l'ivresse de ma nouvelle prise de conscience, je me payai une bière à l'un des bars improvisés pour l'occasion et me collai à l'écran de mon portable pour taper un SMS. Il fut court mais explicite : « Je t'aime. Au secours ! ». Puis fier de ma toute nouvelle bravoure je rejouai des coudes et revins me poster à ma barrière devant les musiciens.

Le concert recommençait à peine quand le portable, dans ma poche, se mit à vibrer. Ce n'était pas un message mais un appel. J'eus à peine le temps d'apercevoir son prénom qui s'affichait. Je plaquai l'appareil à mon oreille. La musique était si forte, j'étais si près des baffles, que je percevais à peine sa voix. Je ne comprenais rien. Découragé je raccrochai.

Je n'avais plus qu'une hâte : m'extirper de cette populace pour la rappeler.

A peine avais-je tourné les talons que ma place fut occupée par une quinquagénaire qui se déhanchait derrière depuis le début du concert. J'avais un mal fou à crever la foule, à me faire un passage dans la masse compactes des spectateurs. Enfin libéré, je me réfugiai dans une ruelle quand tout à coup le vibreur se déclencha. Ce coup-ci c'était un message :
« Je suis à Belleville. Viens vite. Je t'aime. ».

J'étais abasourdi. Je fixai cet objet détenteur de tant de pouvoir. Le nez sur l'écran une déferlante me submergea et recouvrit ma face tristounette d'un sourire rédempteur. Un tonus et l'envie folle de mordre dans la vie gonflèrent le pneu usé que j'étais. J'avais cru que ma source de jouvence était tarie alors qu'elle s'écoulait encore, qu'elle s'écoulerait jusqu'à plus soif, toujours et encore. Jusqu'à l'assèchement définitif.

Je repris le métro. Puis récupérai ma voiture à l'hôtel de police. Je démarrai sans même prendre le temps de me rouler une clope. Je fis ce que beaucoup de flics faisaient quand ils étaient pressés. Je posai le gyrophare sur le toit de la caisse pour prévenir les automobilistes de se pousser. La situation était gravissime... Je devais intervenir sur une scène d'amour.

Je me garai à cheval sur le trottoir. Soudain j'eus le trac... La main sur la sonnette j'hésitai et la laissai retomber le long de ma jambe. Elle trouva refuge dans le paquet de Golden Virginia. Je retournai m'asseoir derrière le volant pour griller ma cigarette.

Dès les premières taffes ma belle assurance refit surface. Mes idées se firent plus claires. Je savourai à sa juste valeur cet instant de pur bonheur. Bien sûr je n'étais pas dupe. L'amour passion était éphémère. Mais ça tombait bien car j'étais déjà sur le chemin du grand retour. Un refrain de ma jeunesse me revint en mémoire. « Passe, passe, le temps... il n'y en a plus pour très longtemps ». A l'époque je chantais ce morceau de Moustaki sans savoir ce que je disais. Aujourd'hui la cruauté de cette chanson transforma soudain mon joli nuage rose en nuage gris. Combien d'existences m'aurait-il fallu pour assouvir toutes mes envies ? J'aspirai une dernière bouffée puis j'écrasai le mégot dans le cendrier. La solitude revenait toujours au moindre faux pas. Le jour fatidique où l'on passait l'arme à gauche on était seul à foutre le camp. Même entouré de ses proches on restait seul. Immensément seul ! Celui qui vous tenait la main n'était pas du voyage. Mais pour l'heure c'était la vie qui attendait dans cette turne de luxe. Je ne savais rien de ce qui allait se passer. Et je m'en fichai. Je désirai juste vivre au jour le jour.
Je sortis de la caisse et claquai la portière.

Yolande m'attendait dans le grand séjour. Elle était vêtue d'un pantalon qui moulait ses hanches. Un chemiser blanc, ouvert sur une peau bronzée et des cheveux tombant en boucles sur les épaules. Elle s'avança lentement et vint se loger dans mes bras. Je la serrai avec émotion et caressai sa nuque tendrement.
Nous nous embrassâmes, pour la forme, sur la bouche. Il était évident que la suite c'était pour plus tard... Nous savions que ce n'était pas l'unique raison de notre tentative amoureuse. Elle me servit un verre et m'avoua :
- Je me suis posé trop de questions ces derniers temps... J'ai décidé aujourd'hui d'en profiter. Qu'en penses-tu ?

J'étais évidemment d'accord et nous continuâmes à causer de choses et d'autres comme d'anciens collègues que nous étions. Puis elle me laissa pour monter à l'étage. J'en profitais pour faire un tour sur la terrasse. Au passage je passai devant ce qui avait été le bureau de son défunt mari. La porte était ouverte. C'était une vaste pièce avec une collection de livres anciens et hors de prix vraisemblablement. Un bureau sculpté en bois noir, émanant un parfum exotique prononcé, trônait au milieu. Sur une table ronde dans un coin, près de la fenêtre, il y avait une cage blanche à oiseaux comme celles que l'on trouve dans les souks en Tunisie. La porte de la cage était ouverte et dedans il y avait une perruche jaune citron.

Je fus sidéré. Cet oiseau, malgré sa nouvelle apparence, c'était bien ma bestiole à bec. Il était posé sur le perchoir. On aurait dit qu'il dormait mais je me méfiai aussitôt. Je m'approchai mais il demeura immobile. Était-ce vraiment le mien, n'était-il pas empaillé ? Je me pris à douter mais je n'osai pas le toucher pour m'en assurer. Puis j'entendis Yolande qui était redescendue. Je demandai une fois l'effet de la surprise passé :
- C'est quoi cet oiseau ?
- Quel oiseau ?

Je me repris ;
- Je veux dire cette cage avec cette porte ouverte ?
- Je ne sais pas, dit-elle Je l'ai toujours vue-là. Effectivement avec toujours la porte ouverte.

Puis Yolande me fixa. Elle s'attendait sans doute que je lui dise pourquoi je m'intéressais à cette cage. Elle demanda devant ma bouille fermée :
- Et alors ?

Je serrai les lèvres avec un air mitigé. Elle poursuivit :
- C'est bizarre. J'ai pensé que peut-être ma sœur avait acheté un oiseau, qu'il s'était échappé et que peut-être il allait revenir.
- Je ne pense pas.
- Pourquoi ? me demanda-t-elle.

J'aurais mieux fait de la fermer et je balbutiai :
- Je n'en sais rien. Mais cela m'étonnerait... Les piafs ce n'est pas intelligent.

- Que t'es con !

C'était bien lui ce putain d'Édith. Il venait de répondre à ma provocation par télépathie. Je me tournai et fus tenté de secouer la cage pour qu'il fiche le camp. Je n'avais pas besoin de lui disons pour rectifier que je n'avais plus besoin de ses conseils vaseux. Dorénavant j'avais quelqu'un à qui parler, vers qui je pouvais me tourner pour avoir un avis. En outre je n'avais aucune reconnaissance envers une émanation de mon esprit. Je lui rétorquai mentalement qu'il aille au diable et qu'il me fiche la paix.

- J'ai faim ! C'est bien joli la captivité mais un oiseau en cage possède des droits. Vous devez me fournir des graines, de l'eau et le cas échéant, les soins d'un vétérinaire.
- Hein ! Qu'est-ce que tu dis ?

J'avais parlé à voix haute et Yolande pensa que c'était pour elle.
- Je ne disais rien ! répondit-elle surprise.

Pris entre Édith qui continuait à se moquer et Yolande qui me parlait en même temps je n'eus d'autre alternative que celle de battre en retraite. La prenant par la main je l'entraînai loin du bureau :
- A mon avis l'oiseau ne reviendra pas s'il y en avait un... La cage m'a l'air propre. Ta sœur n'a pas eu le temps d'acheter un.
- Tu crois ? me dit-elle crédule.
- Oh oui ! Fais-moi confiance... On devrait la ranger dans un coin et ne plus y penser. En attendant je prendrais bien quelque chose à boire.

J'avais bigrement soif. Mais soif d'eau. La visite inopinée de l'oiseau m'inquiétait. Cette façon d'agir aussi. Pourquoi s'était-il enfermé dans la cage ?
Yolande revint avec du Perrier et un grand verre. Je le remplis entièrement et avalai son contenu. Les bulles me picotèrent les narines et je retins de justesse un rot. C'était ça la vie à deux ! Du moins au début. C'était la modeste expérience que j'avais retirée de mon mariage raté. Si je voulais que notre lune de miel

dure j'avais intérêt à faire attention à mon comportement de mâle grossier.

Puis enlacés comme deux jeunots nous montâmes dans la chambre du fond et nous fîmes l'amour. Au début de nos ébats la présence de la perruche dans cette cage me perturba. Puis je l'oubliai.

Plus tard, au cours de la nuit, vers les trois heures du matin je me réveillai brusquement. Les sens en alerte.

La lune éclairait la chambre. Yolande dormait couchée sur le côté en chien de fusil en me tournant le dos. Doucement je me dégageai. Je soulevai le drap et je me glissai hors du lit. Je récupérai mon pantalon et l'enfilai sans mon caleçon que je n'avais pas retrouvé. J'aurai pu rester nu mais je voulais avoir une tenue décente pour parler à l'oiseau.

Dans le bureau il faisait sombre car la lune était de l'autre côté de l'immeuble. Je n'osai pas allumer. J'attendis alors que mes yeux s'habituent à l'obscurité. Puis j'ouvris la fenêtre. Le souffle de la bise nocturne me fouetta les joues et le torse. Je respirai profondément puis je me tournai vers la cage que j'avais évité de regarder. Sur le perchoir il y avait bien une minuscule boule immobile.

Je l'observai attentivement. Pas le moindre frémissement. Je distinguai vaguement sa posture. Sa tête était enfouie dans l'oreiller de sa gorge. Avec des gestes mesurés j'introduisis ma main dans la cage comme un voleur ou comme un chat qui aurait pris une forme humaine. Je m'emparai de lui. Ou du moins j'eus la sensation que je m'emparai enfin de lui.

Je poussai un cri.

Je lâchai la petite bête qui tomba sur le sol. Le pelage de l'oiseau était froid. Mon piaf était mort. Hébété, je me jetai sur l'interrupteur que je ne trouvais pas. Dans un état second, je tombai à genoux. Là-haut Yolande s'était levée à son tour. Elle était descendue me rejoindre. Elle alluma et me trouva ainsi, penché devant la petite dépouille invisible à ses yeux. J'avais le visage baigné par les larmes.

Elle s'approcha et m'attira contre elle. Sa main grattouillant ma nuque du bout de ses ongles m'apaisa. J'étais devenu un gros bébé. Que s'imaginait-elle ? pensai-je. Je la suivis docilement et nous remontâmes au pieu. Pelotonnés l'un contre l'autre nous discutâmes jusqu'à l'aube. Je lui racontai mon existence et les innombrables rendez-vous avec mon piaf Ces innombrables entretiens bizarres, cette relation hallucinatoire qui avait été si importante pour mon équilibre mental. La mort de ce petit être de plumes, cette partie de moi-même, c'était un avant-goût de ce qui m'attendait, de ce qui nous attendait tous.

Cette nuit je voulais lui poser deux questions mais en vérité je connaissais déjà les réponses. Édith savait que je savais. C'était pour cela qu'il ne m'avait pas attendu.

La première question était au sujet de ce Luis que nous avions serré pour les meurtres de Monique et de sa sœur ainsi que de sa tentative d'enlèvement sur Yolande. Je m'étais enfin souvenu où je l'avais vu la première fois. C'était au Maroc en 1971 lors de mon escapade. Il était ce fameux Juan que j'avais rencontré sur la route d'Oujda. Ce Juan qui m'avait intrigué et inquiété à la fois. C'était lui qui avait vraisemblablement tué une des deux filles avec qui nous avions passé la nuit. Un meurtre de plus ou de moins, cela ne changeait rien. Il croupissait en prison et il risquait perpète, avec une peine incompressible, si toutefois la balance de la justice penchait du bon côté. Vu son âge il n'avait plus à se préoccuper de sa retraite.

La deuxième question était pourquoi s'enfermer dans une cage pour mourir ? L'oiseau m'indiquait d'une façon symbolique et tragique que je n'avais plus besoin de lui. Je n'avais plus besoin de cette introspection permanente. J'étais sans doute guéri. Je pouvais affronter une autre vie, un nouvel amour. Ne disait-on pas que vivre à deux c'était mettre sa liberté en cage ? Ce putain de piaf avait un humour bien à lui.

L'oiseau c'était cela : la personnalisation de ma solitude. Et je réalisai soudain que son véritable nom c'était Baltimore.

FIN

175

DANS LA SERIE (POLARS) « PUTAIN D'OISEAU »

La naissance d'un commissaire. Tome 1, aux éditions Encre bleue (large vision texte réduit)
La naissance d'un commissaire Tome 1, Texte intégral, aux éditions Bod Librairie
Les flèches dans le cœur. Tome 2, aux éditions Bod Librairie
Le clodo des Carmes Tome 3, aux éditions Cairn
L'assassin de la Retirada Tome 4, aux éditions Cairn
Meurtres sur le Nil Tome 5, aux éditions Bod Librairie
La haine invisible Tome 6, aux éditions Bod Librairie
Pêche macabre sous le ciel de Biarritz Tome 7 aux éditions Encre bleue (large vision) et Bod Librairie.

AUX EDITIONS BOD LIBRAIRIE

SF ET FANTASTIQUE
Martix l'humain et Martix la mécanique.
La 403.
Les cinq mains de Dieu.
Les sorciers de Tinerghir.
Le dernier des adultes.

ROMAN
Mirida et le collier de l'existence.

NOUVELLES
Entre Matabiau et Saint-Sernin.

CHANSONS ET POESIES
L'amour fou ou la mort du fou.

JEUNESSE
Pepette la mouchette. (Illustrations de l'auteur)